人妻夜のPTA

扇　千里

幻冬舎アウトロー文庫

人妻夜のＰＴＡ

目次

第一章　完全に剃り落とされた亜紀子

経済的な不安がないだけ「贅沢《ぜいたく》な不幸」なのだと思う。

亜紀子の生活は夫貴志の病室と自宅の往復が中心である。

貴志の腎臓《じんぞう》は健常者の二十パーセントも機能していない。難病として指定されている病である。人工透析が必要になるのは時間の問題で、その上膵臓《すいぞう》も悪い。糖尿病との診断も加わったのは去年のことだった。

三歳年上のこの夫はまだ三十四歳だ。学生時代の健康なスポーツマンから、生気を失った目で病室の窓から外を眺めている姿に変身するのに、十年を要さなかった。

その間に亜紀子と結婚し、娘佳蓮《かれん》が生まれたのだ。

確かに現在の状況は、亜紀子が夢想していた結婚生活とは程遠いものだが、ここに至るまでの変化のテンポが速かったためか、誰にも嘆いてみせたことはない。

佳蓮にしてみれば、物心ついたときには父親は入退院を繰り返す身であったから、同級生の家庭を羨むこともなく、ときにはたった一人で食卓に向かうのも当たり前と受け取ってくれている。

そんな亜紀子の生活に変化が現れたのはこの春、佳蓮が三年生になってからだった。PTAの役員を引き受けることになったのだ。

佳蓮が入学してしばらくはそんな気持ちの余裕はなかったが、今の生活も慣れてしまえば、職を持っている他の母親と比べて特別時間的に拘束されるわけではなかった。

貴志の実家は都内に多くの不動産物件を所有する一族で、その管理会社を経営しており、貴志も役員に名を連ねて、出社しなくともそこそこの報酬を得ていた。自宅も親名義の土地の上に建った一戸建てである。

亜紀子が「贅沢な不幸」と思うのはこのためだ。病身の夫を持つ妻として本来なら自分が働きに出なければならないところだが、今のところ衣食住についての不満はない。というよりむしろ三十代の夫婦としては、一般より豊かといえる生活レベルである。

保護者同士のつきあいも、三年目を迎えて互いの生活の事情がわかるようになり、自分に向けられる同情の視線を重荷に感じるようになってきた。仕事を持ちながらPTA活動にも熱心な母親の姿を見ると、夫の病気を言い訳にはできないだろう。そう考えて役員を引き受ける気になったのだ。

今日も学校でPTA役員の会合がある。

ヘルパーの高村夫人が、佳蓮の夕食の世話をしてから帰ることになっており、その心配はない。

亜紀子は準備を始めた。学校に相応《ふさわ》しく派手にならない程度のメイクを終え、クローゼットからスーツを出した。

他の母親の中にはジーンズで会合に出る者もいるが、亜紀子は特別、運動や作業する機会でなければスーツ姿である。

今は一人で使っている夫婦の寝室の姿見の前に全裸で立つ。

鏡に映っているのは、小学生の娘を持つ母とは思えぬ若々しい女体であった。

四歳から高校まで続けたクラシックバレエのおかげで、亜紀子は伸びやかな手足を得ていた。一六五センチの身長に五十三キロの体重は高校卒業時と変わらない。

首から肩にかけてのなだらかな細い線は、これもバレエで身についた姿勢の良さの賜物《たまもの》だろう。

薄く浮き出た鎖骨から下、前の大きく開いた服を着た際に見える部分に贅肉はない。しかしそこから下は急にせり出し、十分な重量感を持つ乳房が行儀よく正面を向いている。

亜紀子の父方の曾祖母《そうそぼ》はロシア人である。その血を引いたのがこの豊かな乳房と白い肌なのかもしれない。肌の白さに合わせたように乳首も色素が薄く、ピンクの薔薇《ばら》の蕾《つぼみ》を連想させる。

その下、みぞおちから上品なへそにかけての腹は、経産婦のものとは思えないほど引き締まり、ウエストをグッとえぐった双曲線が腰への大きなカーブを描いている。そのシルエットはギターやバイオリンといった弦楽器に似ている。大きく張り出した尻は、高校生のころにはコンプレックスの元であったが、今では亜紀子自身女らしさの象徴として受け入れている。

形のいいへその下、ぷっくりと脂肪の乗った女の部分には本来あるべき陰がない。それを自分の目で確認して、亜紀子は羞恥《しゅうち》の溜《た》め息《いき》を漏らした。

ここの毛を剃《そ》った男の命令通り、亜紀子はパンティをはかずにガーターベルトにストッキングをつけ、明るいグレーのスーツを着た。

学校までは歩いていく。

その十分ほどの時間が、亜紀子にとっては緊張のあまり一時間にも感じられた。股間の敏感な素肌に空気が触れるのだ。スカート丈は十分に長く、中を覗《のぞ》かれる心配はないとはわかっていても、何となく頼りない。

それに亜紀子の家から学校へ行くには、どうしても「川島生花店」の前を通らなくてはならなかった。

亜紀子の陰毛を残らず剃ったのはこの「川島生花店」の店主川島康雄である。

「！」

店の前を通り抜けるとき、川島の女房である真由美が見えたような気がした。一瞬のことであっても、亜紀子の胸は早鐘を打つのだ。

お互いの娘が同級生ということもあり、真由美は亜紀子によくしてくれていた。こちらに恨みはないが、あちらからは恨まれても仕方ない立場に、亜紀子は身を置いている。

学校の玄関に着き、来賓用の靴箱からスリッパを出して履き替えていると、

「杉原さん」

背後から声をかけられた。

川島だ。

ハッと振り向いた亜紀子は、口元に意味ありげな笑みを含んだ川島の目を見た。声をかける前のほんのコンマ数秒の間、前屈《まえかが》みの亜紀子の尻を犯していた目だ。

「杉原さん、今日は例のお願いどおりにしていただけましたか？」

常識的な会話を装って、川島は亜紀子がノーパンで来ているのかを確かめた。

「……はい」

答えながら、自分の頬《ほお》が羞恥で紅《あか》くなっているのがわかる。

「それはそれは」

川島は周囲にサッと視線を巡らせると、スカートの上から亜紀子の尻の丸みに手を這《は》わせた。

「やめて」

小さく言った亜紀子は、しかし大きく逃げることはできなかった。目立つ動きで人目につくことを恐れたのだ。

川島の手はさらに亜紀子の尻を揉《も》むように強く動いた。

「こんなところで……」

亜紀子が首を捩《よじ》って周りに泳がせた視線を、助けを求めるように川島に戻すと、

「こんなところだから面白い」

そこには舌なめずりして獲物を見る、獣の目が待っていた。

川島の右手は亜紀子の尻を持ち上げるような動きで潜り込むと、スカートの上から尻の狭《はざ》間《ま》の中心を突いた。

「あ」

川島は亜紀子のアヌスに執着する。

「そこはやめて」

中に指が入り込む勢いでスカートの布地越しに肛門が突かれる。

「そことは？……どこのことかな？」

川島は生花店の店主らしく優しげな面立ちをしている。体格も細身で、華道の師範の資格を持つだけに、身のこなしも端正だ。

だが、亜紀子にだけはこうしてサディストの凄《すご》みを見せるのだった。

「……お尻の穴です」

周囲にこの会話を聞かれていないことを確かめ、亜紀子が声を潜めて答えると、川原は満足げにうなずいてみせた。

そのまま二人は何事もなかったように会合が持たれる教室に向かう。

初めて川島との間に秘密が出来た夜、

「この次会うときは、俺に尻の穴まで見られたことを思い出すんだ」

と別れ際に言い渡された。

あの夜、酔った亜紀子に油断があったのは確かだ。だが、あとから考えると、亜紀子自身が川島を好もしく思っていて、そうなることを密《ひそ》かに期待していたことも否定できない。

病身の夫に頼れない亜紀子にとって、ＰＴＡの会合でてきぱきと指示を出してくれる川島は、久々に接する頼りがいのある男性であった。

夏休み前、一学期の打ち上げのような形でＰＴＡ役員の食事会があり、その二次会で飲みすぎた亜紀子をタクシーで送ってくれたのが川島だった。

玄関の前で自然に抱擁され、亜紀子は抗《あらが》うことなく、川島の背中に腕を回した。そうして立ったまま抱き合っていたのは一分ほどだったろうか、頬に触れる川島のヒゲの感触。朝剃ったそれが夜になって少し伸びた感じが、亜紀子には懐かしいもののように思えた。やがて川島の唇が亜紀子の唇に重なった。最初は軽く触れ合った程度だったのが、次に強く押しつけられ、舌先が亜紀子の唇を割った。

その瞬間、亜紀子の中で張りつめていた糸が切れた。

病に苦しむ夫を案じ、娘の養育に一人頑張ってきた毎日。その日々の緊張の糸がまさに「プツン」と音を立てて切れたのだ。

「奥さん、いいね？」

川島の問いかけの意味は今一つ不明であったのにもかかわらず、亜紀子は無言で小さくうなずいていた。

川島の肩に頭をもたせたまま、亜紀子は自宅玄関前で回れ右をした。

外見からは考えられないほど川島は力強かった。亜紀子を抱えて通りに出ると、タクシーを拾い、ラブホテルの密集する駅裏へ直行したのだ。

亜紀子の中では思考を停止した状態であったので、タクシーに乗り込むときもホテルに入るときも拒絶しなかったが、部屋に入ってからは、

「ダメ、お風呂に入ってから」

小さな声で川島を制した。

梅雨時の蒸し暑い夜で、自分の汗臭い体を本能的に恥じたのだ。

だが、川島は容赦しなかった。ベッドで亜紀子を全裸に剝《む》き、しばらく放置した。目を閉じて横たわる亜紀子を、ベッドの脇に立ってじっと見下ろしていたようだ。

「……すごい……これが見たかった」

その川島の口調は亜紀子に語りかけたにしては不鮮明だったから、思わず口から漏れた独り言だったのかもしれない。

「もっと見せてくれ」

川島はそう言い、

「やめて、シャワーを浴びさせて」

と抗う亜紀子の体を開き、その中心をいじり始めた。

「ア、アアー」

亜紀子の男性経験は夫貴志とのことを含めても数えるほどである。処女で結婚したわけではなかったが、学生時代のセックスの経験はぎこちなくほろ苦いもので、女の悦《よろこ》びとは程遠いものだった。

そんな亜紀子だけに、女の扱いに慣れた川島の手にかかってはひとたまりもなかった。

川島の指は肉溝の中をまさぐり、愛液を掻《か》き出した。そしてその濡《ぬ》れた指で、今度は亜紀子の肉芽を押すように刺激するのだった。

亜紀子の中を電気が走る。それは生まれて初めて遭遇する快感だった。

「あ、あ、変になる」

そう口走った亜紀子の中で、もう一人の自分が、

(私、どうなるんだろう?)

と、ある種科学的好奇心に近い目で、自分自身を見つめていた。

「アア……クー」

思いもかけない角度で、快感の曲線は頂点に向けて駆け上がった。

「ア。いやっ……ウ、ウ」

生まれて初めての絶頂だった。

これがオルガスムスか、と全身を硬直させてのけぞりながら亜紀子は思った。

「おお、吹いた」

女体の中心が潮を吹いたのを見て、川島は感動の声を上げたが、そのときの亜紀子には何が起こったのかわからなかった。

快感の渦から逃れると、亜紀子の全身の硬直が解けた。そして逆に泥のような脱力感が亜紀子を襲った。

「ムフ……ウ」

川島の唇が亜紀子の唇を覆った。舌が侵入してくる。

キスだけでも感じる。ごく自然に川島の舌の動きに舌で応《こた》えた。

川島の唇は亜紀子の唇を解放すると、次にピンクの乳首に吸いついた。

「あ、あ、お風呂」

弱々しく訴えるが、すでに亜紀子の脳髄はアルコールのせいでなく痺《しび》れていて、それ以上の抵抗はできなかった。

「奥さん、いいオッパイだねえ、乳首もピンクだ」

川島は亜紀子の乳房に惚《ほ》れ込んだようで、しばらく揉み、吸って楽しんだ。

「ああ……ダメよ……」

これまで亜紀子は、乳房を愛撫《あいぶ》されてこれほど感じたことはなかった。

夫貴志のセックスが淡白なものであったことを、この濃厚な愛撫を受けて初めて知る。

川島は乳房全体を揉んだり、乳首をつまんだりしながら、亜紀子の腋《わき》の下を舐《な》めた。

くすぐったいはずなのに、それさえも快感につながる。

亜紀子の腰は卑猥《ひわい》にくねった。

ここに至って、亜紀子は風呂で汗を流すことを諦《あきら》めた。川島が欲しているのは石鹸《せっけん》の香りではなく、生々しいメスの体臭であることを察したのだ。

日頃のスマートな外見からは想像できない川島の素顔。それは女体のすべてを貪《むさぼ》る野獣そのものだった。貪欲《どんよく》な性欲をハンサムな笑顔の裏に隠していたのだ。

今や亜紀子は完全に川島の餌食《えじき》になっていた。真っ裸でベッドに横たわり、すべてを川島に委《ゆだ》ねるのだ。

（！）

乳房から腹を撫《な》でていた川島の手が、亜紀子の両膝《ひざ》の裏にかかり、両足がグッと大きく開かれた。

「あ、あ、それは……」

亜紀子の肉溝を川島の大きく開かれた口が覆った。そして、舌が入り口付近をまさぐり始める。

ピチャピチャという音が自分の溢《あふ》れた愛液が出すものだとわかったのは、

「……奥さんのおつゆはいい味がするよ」

と川島が低い声で言ったからだ。

かつて健康であったときでさえも、貴志がこのように執拗《しつよう》に舌での攻撃を仕掛けたことはなかった。

二度目の波がやってきた。亜紀子は体の芯《しん》に火が点《とも》ったのを自覚した。

腰を中心にガクガクと震え、全身の硬直が始まった。

(また来た)

どこか意識の遠いところでそう思った。

今度は最初よりも大きな波だった。

何が起こるか察知したように、川島は舌による責めのピッチを上げる。

「ああ……来て……入れて」

そう叫んでいるのは亜紀子自身だったが、亜紀子にはそれが信じられなかった。

自分から挿入を求めるような、そんな淫《みだ》らな女ではなかったはずだ。

その声を聞いて、亜紀子の股間に顔を埋めていた川島が顔を上げた。

その目は勝ち誇っている。

大きく開いた亜紀子の両足の間で、ベッドに膝をついた状態の川島が体を起こすと、初めて男の欲望の塊が姿を現した。

（すごい）

フル勃起した肉棒を目にするのは久しぶりのことだった。川島のそれは夫のものより確実に一回り太く長かった。

（これが入るの？）

亜紀子は小さな恐怖を感じた。

川島はこれ見よがしにそれを二度三度しごき、狙いをつけるように先端を亜紀子の肉溝につけると、グイと腰を使った。

「ハア、ア」

目にしたばかりの太く硬い肉棒が、根元まで完全に挿入されたのがわかった。

その一撃で亜紀子は屈服した。

「奥さん、これが欲しかったの？」

川島は強かった。腰を大きく使いながら亜紀子の目を見てそう問いかけてきた。

「ン……ウン……ハ、ウン」

言葉にならない息を吐きながら、亜紀子は何度もうなずいた。

「俺もだよ。俺も奥さんのこれが欲しかったんだ」

川島は勝者の余裕からか、上機嫌でよくしゃべった。

「初めて奥さんを見たときから、いずれ真っ裸にしてやりたいと思ってたんだ。いやらしいだろう？　こうして大股《おおまた》開きにさせて思い切りぶち込んでやろうと考えてたのさ。思ったとおりだ。いい体してる。最高だ」

亜紀子の目を見て歌うようにしゃべり、川島は腰を使い続けた。

「おう……いいなあ……締めつけてくる……奥さん、俺はそろそろイクよ……奥さんもいいだろう？……ほら……どうなんだ？……いいんだろう？」

ピッチを上げながら問い続ける川島に、亜紀子はついに呻《うめ》き声以外の言葉を発した。

「……いい……いいです」

泣くような亜紀子の美声が、さらに川島を興奮させたようで、

「何が？　何がいいんだ？」

川島は凄《すさ》まじく速いピッチの上にストロークも大きくして亜紀子に打ち込んできた。

「あ……あ……いや……」

「何がいい？」

「川島さんの……あ……川島さん」

「俺の何だ？」

「川島さんの……これ……」

「これじゃわからんよ……チンポかい？」

「そ、そう」

「チンポだな？　俺のチンポがいいんだな」

「は、はい……チンポがいいですぅ……」

川島はこの淫語を亜紀子の口から出させることにカタルシスを覚えたようで、亜紀子が叫ぶのと同時に、

「ウ……」

呻きながら腰を引き、肉棒をビクつかせて大量に射精した。それは亜紀子の股間から顎《あご》にまで届く勢いだった。

しばらく放心状態でいた二人はやがてノロノロと体を起こし、風呂場で汗を流した。

そのころにはアルコールによる酔いも醒《さ》めてきていて、湯の中で川島に抱かれた亜紀子の心は羞恥に揺れていた。

しかし、最後に叫んだ一言は嘘ではなかった。男の肉棒をこれほど愛《いと》しいものと感じことはかつてなかったのだ。

川島は亜紀子の全身をくまなく石鹸で洗ってくれた。お返しに亜紀子も川島の背中を流したが、川島は椅子《いす》に座ったまま向き直って、股間の逸物も洗うように要求した。

亜紀子の白魚のような指が、欲望を吐き出して俯《うつむ》いているそれを包み石鹸の泡にまぶしてしごいた。

「よかったかい？　このチンポ」

川島はここでも淫らな呼び名を使ったが、亜紀子は、

「はい」

と答えるのが精一杯だった。

カマトトぶるわけでなく、本当に恥じているのは一目瞭然だったようで、川島はそれ以上追及せず、全裸で奉仕する亜紀子を満足げに見つめていた。

二人は再びベッドに戻り、しばらく全裸で抱き合ったまま会話を続けた。

「さっき言ったのは本当だよ」

亜紀子は川島の言っている意味がわからず、不審な顔をするしかなかった。

「初めて会ったときから奥さんとこうしたかったんだ」

川島は二年前、入学式での亜紀子のスーツ姿に一目惚れしたと言った。

「それから会うたびに頭の中で奥さんを犯してた。いやらしいだろう？」

「いやらしいわ」

そう答えた亜紀子は、自分が「嬉《うれ》しいわ」と言ってしまったようで一瞬ドキリとした。

「奥さんが役員になってくれてから会う回数が増えただろう？　もう狂いそうだったよ。早く奥さんとハメ狂いたくてね」

密室で二人きりになるのは初めてのことだったが、川島は普段知っている紳士的な花屋の主人とは別人だった。

あえて卑猥な表現を選んでいるようだ。

「想像通りの裸だったよ。この肌、このオッパイ……」

川島は亜紀子の肉体の美しさを讃《たた》えながら、撫でさすっていった。

そして、亜紀子をうつ伏せにさせると、たっぷりと脂肪が乗っていながら垂れずに張り切っている尻の肉に両手を添え、

「あ」

グイとばかりに尻溝を開いた。

尻の谷間の汗で湿ったところに川島の息を感じて、亜紀子はとまどっていた。

「奥さん、ここは使ったことないの？」

「え？」

ふり返ろうと試みた亜紀子は、尻肉を強く押さえられているために、川島の顔を見ることはできなかった。

「ここだよ」

川島の指に触れられ、亜紀子の菊門はキュッとすぼまる。

「あ、やめて」

亜紀子は力なく抗議したが、なぜか強い拒絶はできなかった。川島に嫌われたくない思いがあったからだろう。

「使ったことないの？」

「使うって？」

本当に意味がわからなかった。アナルセックスという言葉は知っていたが、自分とは無縁の世界の話と思っていたのだ。

「旦那さんは、奥さんのここにチンポ入れないの？」

「そんな……汚いでしょう？」

「汚いことなんかあるものか。奥さんのここはすごくきれいだよ」

「あ、やめ、やめて！」

突然川島は亜紀子の肛門に口づけをし、舌先で穴の中心をつつくことさえした。

川島の唇がそこを解放してくれた後、

「やめてください。汚いでしょう」

抗議するというより、申し訳無さそうに亜紀子が言うと、

「奥さんの体で汚いところなんてないよ」

そう答えた川島は亜紀子の体を仰向《あおむ》けにさせて大きく開き、その中心にまた唇での愛撫をくわえた。

それから様々な体位で「ハメ狂い」、この日二度目の射精をした。

亜紀子は完全に支配されたと感じた。わが身を川島に委ね、快楽の世界を彷徨《ほうこう》したのだ。

そして帰り際、身支度をしている亜紀子に、川島は低い声で例の言葉を発した。

「奥さん、この次会うときは、俺に尻の穴まで見られたことを思い出すんだ」

言われるまでもなかった。

その次に川島に会ったとき、亜紀子は彼を自分の支配者だと感じた。

その日も学校での会合が終わると、亜紀子はメールで指示されたとおりに川島の車を待ち、再びラブホテルへ行った。

このときは目の前にフル勃起した肉棒を突き出され、口での愛撫を求められた。

行為自体は何の抵抗も感じなかったが、自分でも舌使いがぎこちないと思った。川島に失望されそうで不安になっている亜紀子に、

「そうか、奥さんはフェラの経験があまりないんだね」

彼はむしろ嬉しそうにそう言い、

「ほらアイスキャンディーを思い出して」

とやり方を教えてくれた。

亜紀子は懸命に肉棒をしゃぶった。

そうしながら、

(肉体の悦びを知ってしまうと女はこうなるんだわ)

と妙に納得していた。

それからは週二回から三回のペースで川島との逢引《あいびき》は続き、亜紀子の性行為は少しずつこなれていった。

四十三歳という年齢は、男の精力とテクニックが一番高いレベルを維持するものらしい。会うと川島は全力で亜紀子を犯した。亜紀子はそのたびに快楽の深みに落ちていった。もう川島の愛撫を受けないことには体の疼《うず》きはおさまらなかった。三日続けて会えない日が続くと、腹の奥が熱を帯びるような気がする。

三回目の逢瀬《おうせ》のときに、亜紀子の陰毛は完全に剃り落とされた。

「旦那とはもうずっとご無沙汰《ぶさた》なんだろう？」

と川島は確かめ、

「俺好みの女にアッコを変身させる」

と亜紀子をパイパンにしたのだ。

それによって、川島は、

「舐めやすくなった」

と言い、亜紀子自身も感度が上がったように思った。

セックスに関しては、川島に逆らう気のない亜紀子だった。

ただ戸惑うのが、肛門への愛撫と、ホテル以外の場所での際どい行為だ。

ホテルでのセックスでは必ず後背位での結合があり、亜紀子はヨガでいう「猫のポーズ」で川島の肉棒を受け入れた。そして、その行為の最中に川島のローションにまみれた指が亜紀子の肛門を犯すのだ。

痛みは感じなくとも、「汚い」という意識が常にあり、亜紀子はそのたびに、

「やめて」

と小さな声で抗議する。

川島はそれをスルーして、

「いいなあ」

と肛門いびりに熱中するのだ。

「こんな上品な美人の尻の穴に指を突っ込むと思うと、男なら誰でも興奮するさ」

いつだか車を運転しながら、川島はそう嘯《うそぶ》き、羞恥して頰を赤らめる亜紀子の姿を楽しんでいた。

川島は彼に嫌われるのを恐れる亜紀子の心理に便乗して、様々ないたずらを仕掛けた。運転中にチャックを下ろし、肉棒を亜紀子に引き出させてしごかせたり、逆に助手席に手を伸

ばしてパンティの中に指を入れたりもした。

人に見られるのでは、と動揺する亜紀子の姿も川島は楽しんでいるようだった。

やがて、亜紀子は自身が抱える矛盾に気づいた。戸惑っているはずの川島のそんな行為を、どこか待ち望んでいる自分がいるのだ。

ある区民ホールに子供向けの芝居を観に行ったときだった。建前として、

「学校の芸術鑑賞会の参考にするため」

という立派な口実があったので、誰にも疑われることなく行った区民ホールはビルの九階にあった。そのビルの他の階には区民図書館や会議室もある。当然利用者のほとんどがエレベーターを使う。

滅多に使われることのない非常階段は二つの鉄扉の先にあった。

川島はその非常階段の九階と八階の中間の踊り場に亜紀子を連れて出した。

そのときも亜紀子はどうなるかわかっていたのだ。わかっていながら、促されるままに川島に従い、階段の手すりにつかまって、膝までパンティを下ろした裸の尻をつきだしたのだ。

いつ誰が来るかわからない場所で立ちバックで交わりながら、しかし、

(堕《お》ちた)

とは考えなかった。

ほんの数週間前なら想像もできなかった行為の最中で、亜紀子は愛を感じていたのだ。

亜紀子の腰を両手でつかみ、激しく腰を使う川島は、ときには亜紀子の背中にぴったり寄り添い、耳元で、

「最高だ。最高に気持ちいいよ、アッコ」

と囁《ささや》いた。そして、

「私もよ。私も気持ちいい」

と答えて首を後ろに捻《ひね》った亜紀子の唇を吸ってくれるのだ。

その瞬間、亜紀子は川島に愛されていると確信した。

夫の貴志にも、川島の妻の真由美にもすまないとは思う。しかし後ろめたくはあっても、この愛を止められないのだ。

川島の要求をすべて受け入れるのも愛の証に他ならなかった。

第二章　尻も大きいがドテにもむっちり肉が

今日も川島の指示通り、ノーパンで学校に来ている亜紀子がいた。

そして、玄関で川島に尻を触られると、口では小さく拒みながら、その実、亜紀子の女の部分は濡れているのだった。

今日の会合は秋の「芸術鑑賞会」について話し合うものだった。

この学校では毎年二学期に音楽や演劇のプロを招いて児童に鑑賞させている。ただし、成長に合わせた内容を選ぶため、三年生以下と四年生以上では違う演目になる。

低学年については三年生の役員と教師で内容を決めることになっていた。今年はプロのパントマイムを鑑賞する。亜紀子は先方の劇団との交渉担当になっていた。

「あちらから何か要望がありますか？」

紳士の仮面を被《かぶ》ったまま川島が亜紀子に尋ねた。

「はい。本番前の控え室として教室を一つ用意すると申し上げたのですが、ピエロの扮装やメイクをした後では子供たちの目に触れるわけにはいかないので、体育館の舞台袖《そで》に楽屋を用意して欲しいそうです」

亜紀子が出演者の意向を伝えると、

「さすがプロねえ」

などと他の役員が感心している。

「そうですか。葉山先生、それは構いませんよね」

葉山理香子先生はまだ二十代の女性で、美人でスタイルもいい。よく言えば初々しいが、いつもどこか頼りない。教職者の多い真面目な家庭に育ったらしいが、どうにも「お嬢様」気質が抜けないようだ。

「別にこちらは大丈夫ですけど、あそこでいいんですか？　普段使ってないので、学習発表会で使ったガラクタがまだ残っているかもしれません」

だったらお前が片づけろ、という話だが、そこまで気が回らないようだ。

「当日だけ片づければいい話ですから、大丈夫でしょう。そうだ、念のために杉原さんの方で今どんな状態か確認しておいてください。葉山先生、体育館の鍵は？」

「職員室にあります」

「それではその件は杉原さんにお願いして、今日のところはこれで」

川島が解散を告げて役員たちは席を立った。

それから亜紀子は一人で職員室を訪れ、事情を説明して藪田《やぶた》教頭から体育館用の鍵束を受け取った。

この藪田教頭の亜紀子を見る目が怪しい、と川島は言い張る。亜紀子の目には堅物のベテラン教師でしかないのに、川島は常日頃しきりにそう言い立てるのだ。

「藪田先生は絶対にアッコを狙っているよ。頭の中で何回も犯しているに違いない」

そうだろうか？　藪田は五十歳というが、痩《や》せた体型からかその年齢よりも「枯れた」印象を受ける。自分に対してというより、そもそも女性にはもう興味がないのではないか、と亜紀子は思うのだった。

児童がいない静かな校舎を抜け、体育館に向かう。

夕暮れの小学校の体育館は何か懐かしい感じがした。昼間子供たちが運動していた床を細長い窓の形に夕日が切り取っている。

舞台に向かうと両袖に入るドアがそれぞれあった。下手の袖にはふだんからグランドピアノが置いてあるから、楽屋として使うには無理があるだろう。

上手側のドアを開けて入ると、数段の階段があり、それを上がったところに六畳ほどの広さのスペースがあった。葉山先生が言ったとおり、学習発表会で使った看板や、合唱のときに使う台などが置いてあったが、片づけるのにそんなに手間はかからないように思えた。

「杉原さん。いますか？」

突然呼ばれてハッとした。川島の声だ。

舞台に出て、体育館の入り口の方を見ると川島と藪田教頭が並んで歩いていた。

「はい。ここです」

川島一人なら亜紀子は特別な予感を持って緊張したことだろう。藪田教頭の姿を目にして亜紀子の中には油断が生まれていた。

「教頭先生が、放送室も使えるとおっしゃってましてね」

舞台の上に立つ亜紀子に向かって川島はそう言うと、先ほど亜紀子が開けたドアから藪田とともに舞台袖に入ってきた。

「放送室といいますと？」

亜紀子の頭には、職員室の隣にある放送室しか浮かばなかった。

「体育館専用の放送機材を置いてある部屋がこの真上なんですよ」

藪田は説明しながら、舞台袖の奥の階段を二階に上り始めた。川島に促されて亜紀子もそれに続いた。

「！」

数段下から亜紀子に続く川島が尻を触る。いつものいたずらだ。亜紀子の動揺ぶりを楽しむつもりだろうが、亜紀子もこれには少し慣れてきていて、声の一つも出さなかった。

階段を上りきったところにドアがあり、

「杉原さん、鍵を」

藪田教頭が手を伸ばしたので鍵束を渡す。

藪田教頭は慣れた手つきで鍵を開け、部屋に入ると照明をつけた。亜紀子と川島も部屋に入る。

四畳半ほどのスペースに放送機材が置かれていた。二つの小さな窓があり、フロアと舞台の両方を見下ろせるようになっている。

「ここで着替えやメイクアップも可能だと思いますが」

確かに大人三人入っても狭苦しくは感じない。

「そうですね。ここも考慮に入れて先方と相談します」

亜紀子がそう事務的に答えたとき、背後でカチャリと金属音がした。

振り返ると川島が、二人きりのホテルでしか見せない歪《ゆが》んだ笑みを浮かべていた。どうやらこの部屋の鍵をかけたらしい。

「あ」

突然川島に抱き寄せられて、

「いや」

と亜紀子は拒絶し、藪田教頭の方を見た。今の川島のふるまいをどこまで見られたのか気になったのだ。

そしてすべてを悟った。

ふだん感情のわかりにくい藪田の細い目の奥に、劣情の炎が燃え盛っているのがはっきりと見えたのだ。

川島の言うとおり、亜紀子の気づかないところで、常にこのいやらしい視線で亜紀子の体を舐め回していたのだろう。

再び川島に抱きすくめられて、亜紀子は抵抗するのをやめた。

唇を吸われ、それに応える。

「おお」

背中で藪田の感動の声を聞く。

見せつけるようにねっとりと舌を絡ませる。

甘いディープキスの陶酔の中で、亜紀子は川島と藪田教頭の間で何らかの打ち合わせか、あるいは取引があったものと想像していた。

「どうです？　教頭先生」

亜紀子の唇を解放して川島が問う。

「いやあ、川島さんの話を聞いて想像していたんですがね。やはり生で見せられると興奮します。杉原さんのような上品な奥様が、旦那さん以外の男と抱き合うなんて信じられなかったですから」

藪田は熱っぽい早口で答えた。

「上品な奥様どころか、こいつはメスです」

残忍な目をした川島が、亜紀子の後頭部を両手で包み込むようにして顔を近づけ、ブチュブチュと音を立てて唇を貪った。

「すごい……」

藪田の喉《のど》はすでにカラカラのようだ。

キスしたまま川島は両手を亜紀子の背中に這わせ、やがて尻を撫でさすった。

「教頭先生、ご覧なさいな」

川島の両手は亜紀子のスカートをたくし上げ始め、ついに裸の尻をむき出しにした。

「おお……はいてない……」

藪田が衝撃を受けている。

「どうです？　真っ白で大きな尻でしょう。これを揺すって誘われては我慢できませんよ」

ピシリと尻の肌を掌《てのひら》で叩《たた》いて川島は言う。

「やめてぇ」

と亜紀子は抗議したが、それは尻をぶたれたことに対してではなかった。まるで亜紀子から尻を揺すって川島を誘惑したかのような言い草が不満だったのだ。

「教頭先生、もっと近くで見てくださいよ」

川島はそう呼びかけながら、両手で亜紀子の尻肉をグイと割った。

そこに鼻先を接するように近づいた藪田の気配がする。

「どうです？　尻の穴が見えますか？」

川島の口調は冷静だった。

「……見えてます」

藪田が答えると、亜紀子の尻の肌に生温かい息がかかった。

「これが杉原夫人の肛門なんですね。素晴らしい。素晴らしくきれいだ。……おお、マンコも見えますよ」

「後ろからだと見えにくいでしょう」

亜紀子の体は向きを変えさせられた。

「ほら、自分で持つんだ、アッコ」

川島はスカートの裾を自分で持ち上げるよう亜紀子に命じた。ひざまずいている藪田の目の前に無防備な女の部分が晒《さら》される。

「尻も大きいですが、ドテにもむっちり肉がついているでしょう？」

川島が卑猥な解説を加える。

「きれいなスジマンですね……少女のようだ」

剃毛されたビーナスの丘を見つめる藪田のギラギラした目。

ここをきれいに剃り落としたときに、川島が言ったものだ。

「男の中にはこの筋だけ見えるのをとりわけ喜ぶ奴がいる。亜紀子のここのように、中の具が一切見えない幼女みたいな線が好きなのさ」

藪田はまさにそのタイプなのか、「スジマン」という言い方が慣れたマニアのそれだった。

「開け」

後ろに立つ川島にまた尻を叩かれ、亜紀子は肩幅より少し広めに両足を開いた。

川島は後ろから抱え込むように回した両手をドテに添えると、肉溝を開いて藪田に示す。

「これはどうです？」

ピチッと音をさせて亜紀子の淫裂が開いた。

「……濡れてる。濡れてますよ。奥さん、感じてるんだ」

完全に亜紀子は無抵抗になり、どんな言葉をかけられても無言になった。どうやら自分で思った以上に亜紀子のM性は進化しているらしい。

「そうです。こいつは淫乱なメスですからね。教頭先生に見られて興奮してやがるんです。ほら、全部お見せするんだ」

言われるままに亜紀子は服を脱ぎ始めた。ジャケットとスカートを脱ぎ、ブラジャーまで取り去った。神聖な小学校の中でも、とりわけ健康的な場所である体育館で、ガーターベルトとストキングだけの卑猥な姿で立つ。

「オッパイもいいねえ。いい体だ」

川島とある種のルールを取り決めているのか、藪田は亜紀子の肌に触れようとしない。川島は藪田によく見えるようにして亜紀子の大ぶりな乳房を揉み始めた。

「アア……」

亜紀子の頭が自然にのけぞり、細く白い喉を晒した。

「形のいいオッパイをそんなに残酷に握り潰《つぶ》して……川島さんはSだなあ」

藪田の口調は非難しているというより煽《あお》っている。

「だから、このメスはこうされるのが好きなんですよ」

川島はさらに得意げに、亜紀子の乳房を責めさいなむ。

「ア……フン」

心ならずも川島の言葉を裏づけるように反応してしまう亜紀子。痛いほど乳房を握られる責めに弱いのだ。

「ほら、藪田先生が見てるぞ」

川島の責めに集中していた亜紀子が目を開けると、藪田の視線に正面からぶつかってしまった。

「すごい……きれいな奥さんが、すごくいやらしい目をしてる」

藪田は教師らしいはっきりした口調で、解説するように言った。だが、その目は教師の面影を失ってギラついている。

「ほら片足をここに上げろ」

亜紀子の左足はマイクがセットされているデスクの上に乗せられた。

「藪田先生、ご開帳ですよ」

卑猥なY字バランスで、亜紀子の性器は解剖されるように露出している。

藪田はゴクリと喉を鳴らして無言になった。

乳房を責め立てていた川島の手の動きが亜紀子の股間に移る。

「ふだんツンと澄ましている女がこうなるのは面白いでしょう？」

言いながら川島は指で亜紀子のクリトリスを包皮から剝くようにしていじった。

「このメスはここをいじられると弱いんです。ほら、尻を揺すりだしたでしょう？」

「……ほんとだ」

亜紀子は甘い吐息を漏らしながら微妙に腰が動くのを止められなくなった。

いいのだ。こうして男の指で性器を愛撫されると、自然に尻が蠢《うごめ》く。理性ではどうにもコントロールできない。

川島は、今度は中に指を入れて擦《こす》り始めた。

「あ、あ、ダメよ」

亜紀子の制止も聞かず、川島は一本の指で亜紀子のGスポットを刺激している。

「アア、ハ、ア」

亜紀子の全身が軽く痙攣《けいれん》するように踊る。

「もうすぐ、もうすぐですよ」

川島は藪田に注目を促す。

「……おお、吹いた」

ピュー ッ。

川島に責められている割れ目から一筋の水流が迸《ほとばし》った。

「あ、ごめんなさい」

亜紀子は床を汚したことを詫《わ》びたが、

「大丈夫ですよ。後で拭《ふ》いておきますから」

藪田は教師らしい落ち着きを見せた後、

「しかし、すごかったなあ。私、初めて見ました。こんな美人で清楚《せいそ》な奥様が潮吹くとはねえ」

と下品な顔つきになって言った。それは川島にお世辞でも言っているように聞こえた。

次に川島は亜紀子が片足を上げているデスクに潜り込むようにひざまずき、口を肉溝に近づけた。

ピチャピチャと音をさせながら、唇と舌による攻撃が始まったのだ。

「ああ、いいわあ」

開き直ったわけでもないが、亜紀子は快感に集中し始めた。誰に見られていようと関係ない。今はこうして男とサカリたいのだ。

亜紀子のそんな姿に、

「おおー」

と藪田が感嘆の声を上げている。

「今度はお前の番だ」

川島は口唇での愛撫を切り上げて立ち、ベルトを緩めてズボンをブリーフごと下ろした。

ピョンとフル勃起した肉棒が飛び出す。

亜紀子はひざまずき、躊躇《ちゅうちょ》なくそれにむしゃぶりついた。

「どうだ、うまいか？」

川島が尋ねれば一旦《いったん》口から肉棒を吐き出し、

「おいしいです」

と答える。

この数週間しつけられた行為とセリフである。

「完全に調教しましたね、川島会長」

藪田は絶賛する。

亜紀子はフェラに没頭している。

ジュボジュボと音を立てて肉棒をしゃぶり続けるのだ。

「撮っていいですか？」

藪田が言った。かなり控えめというか、下手に出る感じである。

「どうぞ」

川島はそういうと自分の肉棒に食いついている亜紀子の頭をつかみ横に向けた。

「ほら、アッコ、カメラを見るんだ」

亜紀子の視界に携帯電話を構える藪田の姿が入った。

携帯独特のシャッター音が立て続けに響く。

「すごい」

撮れた画像をチェックした藪田が叫ぶように言い、

「ほら、奥さんご覧なさいな」

亜紀子の目の前に携帯電話の画面を突きつけた。

画面の中には大ぶりの肉棒を口いっぱいに頬張る、亜紀子自身が映し出されている。以前の亜紀子ならば目を背けるところだろうが、今は目が離せなくなってしまう。

人間はここまで変わるのだろうか。

夫以外の男のペニスを口にするなど、想像したこともなかったのに、画像の中の亜紀子は目を潤ませて懸命に川島の肉棒をしゃぶっている。そこに何の抵抗も感じない亜紀子がいる。いや、むしろそんな自分の姿に胸を高鳴らせている亜紀子がいるのだ。

「藪田先生、その画像で抜く気でしょう？」

川島の声は自信に満ちている。そこがまた亜紀子には頼もしく感じられた。

「ええ、これで久しぶりにしごきますよ」

藪田の声はどこまでも媚《こ》びている。

男二人の立ち位置はこれで決定したようだ。藪田が川島の上に立つことはもうあるまい。

「よし立つんだ、アッコ。入れてやるよ」

川島は亜紀子を立たせると、デスクに手をつかせた。

「バックからいきます。その前にこれ撮りますか？」

亜紀子は両手をデスクについた状態で肩幅より少し広めに足を開いて、尻を突き出している。その姿を藪田に真後ろから撮影させようというのだ。

藪田は返事の代わりに、亜紀子のすぐ後ろに位置を変えて携帯を構えた。

カシャ、カシャとシャッター音が響く。

「いいですか？　それじゃあ入れますよ。このメスの乱れ具合を見てやってください」

川島は左手で亜紀子の腰をつかみ、右手でフル勃起した自分自身を誘導して肉溝に当てた。

「行くぞ。欲しいか？　アッコ」

「欲しいです。入れてください」

「何を入れて欲しい？」

「アーン、あなたのチンポよ」

亜紀子が甘えると、

「オホッ」

藪田が奇妙な声を発した。それが滑稽《こっけい》で笑いそうになった亜紀子だったが、

「ア、ハン」

川島の亀頭が肉溝に分け入ると首を反らせて悶《もだ》えた。潤いに満ちている膣内を、太い肉棒が一気に根元まで挿し込まれる。

一番奥まで来たところで、川島は味わうように動きを止めた。

「ああ、いいわあ」

亜紀子もこの充実感を味わう。

藪田は男女が密着させている腰の真横まで来て、結合を確かめようと覗き込んだ。

「先生、これぐらいハメしろがあるとよく見えますか？」

川島は少し腰を引いて、結合部分を藪田に披露する。

再びシャッター音が響く。

「奥さん、これ」

再び藪田が亜紀子に示した携帯の画面には結合部分のアップが映し出されていた。無毛の

淫裂に亀頭部分が収まっており、そこから抜け出た幹の部分はゴツゴツとたくましく血管が浮き出ている。

「奥さん、感じてますねえ」

確かに川島の肉棒には自らが掻き出した亜紀子の本気汁が白く付着している。

「いや」

恥ずかしさを誤魔化すように亜紀子は腰を前後に揺すった。川島は突っ立ったまま、亜紀子だけの動きで肉棒が出入りする。

「おお、杉原夫人が川島さんを食ってますよ」

藪田は嬉しそうに言って、真上からその部分を撮ろうと迫っている。

「すごい。肛門に本気汁がついてる」

そう藪田が感嘆の声を上げた後にシャッター音がしたから、肛門の画像も撮られたようだ。

今の亜紀子にとってそんなことはどうでもよかった。

激しく動いたためか亜紀子の全身は汗で輝き始めた。

「ほら、すごいメスでしょう？　獣だよね」

川島の声は余裕がある。自分が開発した亜紀子の淫らさに満足しているのだ。

「獣は獣でも奥さんにはサラブレッドのような気品がありますよ」

藪田の声は真剣だった。本気で亜紀子の美しさを賞賛しているのがわかる。

「ハア・・ハア・・あ、いい・・いいわあ」

亜紀子は体の奥に肉棒を感じる動きに没頭している。

「あ・・ダメよ」

川島が腰を引いて肉棒が抜け、亜紀子は不満げに尻をふった。

「ここに尻を乗せろ」

川島は亜紀子をデスクに座らせ、その正面に立つと肉棒を挿入した。宙に浮いた状態の女に立ったままの男が腰を使う。全身のバネをきかせたピストン運動に亜紀子はヨガリ狂う。

「お、おう……すごい・・感じるわ・・ああ、当たってる」

亜紀子の方から川島の首根っこに抱きつき、横から見ると駅弁ファックのような格好である。

激しい口づけを交わしながら、大きく股を開いている亜紀子の中心に大ぶりの肉棒が突き立てられている。

「アッコ、いいか?」

「いい、いいわ」

「俺もイキそうだ」

「イって、イってよ」

「……イク」

川島が腰を引いて離れると、亜紀子はさっとデスクから下り、天井を向いている肉棒をパクリとくわえた。

「う……」

亜紀子の口の中で射精が始まっているのを察して、藪田がその顔目がけて何度もシャッターを切る。

「終わった。まだ飲むなよ」

川島に命ぜられて、亜紀子が無言でうなずく。

「ほら、藪田先生に口の中を見せてあげなさい」

立ち上がった亜紀子が口を開くと、藪田はまたシャッターを切った。

「川島会長、元気いいですね。すごい量のザーメンだ」

息を切らせた川島は、その言葉に満足げにうなずき、緩慢な動作でズボンを引き上げベルトを締めた。

後始末は藪田が引き受けるというので、二人で体育館を出た。

川島の車に乗り込み、走りだしてしばらくすると、

「どういうこと？　教頭先生にあんなところを見せて」

ようやく亜紀子はその点を問い質《ただ》した。

「前から言っていたのさ。アッコとこういう関係になったことをね。まずかったかい？」

「今さら何を言ってるの。私がダメと言っても無駄でしょう？」

「ハハハ、わかってるな。言ったろ、藪田先生はアッコにご執心だったのさ。だから見るだけでよければ見せてやる、とこうなったわけ」

川島の運転する車は、いつも行く郊外のラブホに向かった。

驚いたことに、ホテルの部屋に入ったときには川島の肉棒は回復していた。学校での淫らな行為を思い出して興奮しているようだ。風呂に湯が溜まるのを待つ間、亜紀子は手と口で勃起した肉棒に愛撫をくわえ続けた。

風呂に入り汗を流してベッドで愛し合う。一度大量の射精をした川島には余裕があった。大の字に横たわり、亜紀子に口での奉仕を要求した。川島の片足をまたぐようにしてうずくまり、懸命にフェラする亜紀子をじっと観察するのだ。

「アッコ、顔にまたがれよ」

命ぜられるままに、亜紀子が上になってシックスナインの形になった。

実は亜紀子はこれが苦手だ。川島の口での攻撃に感じ過ぎてしまい、肉棒をくわえていられなくなることがたびたびあった。

今日も舌でクリトリスを舐められながら、指でGスポットを探られ、感じてきて亀頭を口に含んでいるのがやっとだ。

やがて、川島の指は亜紀子のアヌスに侵入してきた。どうやら枕元に置いてあったローションを使ったらしく、痛みもないままに亜紀子の肛門を通過した川島の指は、直腸の壁をさするようにしている。

「もう……だめよ、汚いわ」

無駄とわかっているが、いつものように抗議の声を上げる。

川島は無言だ。仕事のような熱心さで、執拗に肛門を責めている。

亜紀子が手にしている川島の肉棒が硬度を増してくる。これがあるから、亜紀子も川島の肛門いじりを許すのだ。男が興奮して肉棒を硬くしてこそ、女の欲望は叶《かな》えられる。

「……アッコ……今指が何本入ってるかわかるか？」

「え？　一本でしょう？」

「二本だよ」

「ウソ！」

「ほんと。ほら、こうすると……」

亜紀子は肛門に軽い圧迫感を覚えたあと、直腸の壁に風を感じた。

「三本入った！」

川島の妙に冷静な声が自分の股間から聞こえた。

「そんなに広げて大丈夫なの？」

「痛くないだろう？」

「痛くはないけど……」

川島は亜紀子の体の下から這い出し、起き上がった。

「さあ」

正上位の形で向かい合い、川島は亜紀子の両足を持ってグイと押すようにした。バレエで鍛えた亜紀子の体は柔軟である。女体を二つ折にするような屈曲位となった。

「アッコ、ここの処女をくれ」

川島は真剣な目をしている。それが亜紀子の胸を突いた。たまらなく愛おしく感じる。この男の望むことすべてを叶えたくなるのだ。

「何をしてもいいのよ。来て」

その言葉に川島は満足げにうなずき、まず亜紀子の女の部分に張り切った肉棒を挿入した。

「アア……アン」

心地よさに亜紀子は鼻息を漏らしてしまう。

川島は自分の肉棒の根元を持ち、亜紀子の中をこね回すようにした。

そして引き抜かれた肉棒はさらに硬度を増して、天をつく勢いだ。

川島はそれにローションをたっぷりまぶすと、再び屈曲位の体勢を亜紀子にとらせ、天井を向いている肛門に肉棒の先端を当てた。

「いくよ」

「来て」

「あ」

肛門を圧迫される感じがあったのは一瞬で、スルリと亀頭部分が通過したのがわかった。

「痛いか？」

「……痛くない。平気よ」

川島はそのまま腰を進める。

「あ、あー……ほんとにお尻に入ってるの？」

亜紀子がそう尋ねたのは、膣と同じように感じたからだった。変態行為をしているというおぞましさがない。最初からこんなに気持ちよくていいのだろうか。

「お尻だよ。アッコのお尻の穴に根元まで入ってるよ」

そう言うと川島は情熱的にキスしてきた。亜紀子もそれに応えて激しく舌を絡ませる。

「嬉しいよ。アッコのここの処女をもらったんだ」

「私も嬉しい」

二人は初めての挿入をじっくり味わうように体を密着させた。

「どんな感じ？」

川島に聞かれて、

「変わらないわ。オマンコに入れてもらったときと変わらない。全然痛くなかったし」

亜紀子は正直な感想を答えた。

「アッコはアナルセックスに向いてたんだな」

「いやだ、向いてるとか向いてないとかあるの？」

「痛いだけの女もいるようだ」

川島にはそんな女との経験もあるのだろうか？　それを確かめるべきか躊躇しているときに、川島の腰がゆっくりとうねりだした。抱き合ったままゆっくりと肉棒が引かれ、また侵入してくる。

「ああ、いい、アッコの肛門は最高だ。締めるし、絡んでくる」

耳のすぐ横に川島の声を聞き、亜紀子は歓喜した。女体の最後の砦《とりで》を明け渡した甲斐《かい》があったというものだ。

徐々にピッチが上がってきて、川島が密着していた体を離して起き上がり、亜紀子の両足首を両手で持つと、大きなストロークで腰をあおり始めた。

「あ、あ、すごいわ、あなた」

「いい、すごくいい。アッコもいいか？」

「うん、いいの……お尻が気持ちいいわ」

アナルセックスに嫌悪感を持っていたのがウソのようだ。亜紀子は今や全身でこの行為に没頭していた。

この日一度射精しているとはいえ、この美しい人妻の肛門の処女を奪った、という思いは川島の快感に拍車をかけた。

「アッコ、イキそうだ。中に思い切り出すぞ」

「来て、あ、あ、いい」

「ああ、アッコ……」

川島は両手でつかんでいた亜紀子の足首を離すと、体を投げ出すようにして亜紀子に抱きついた。

両手で亜紀子の尻をグイと引き寄せる。

「イク」

「出して、たくさん……いい」

二人はしっかりと抱き合い、硬直した。

亜紀子の直腸の中で川島の肉棒が跳ね、精液を迸らせる。

「ク……」

二人とも快感で頭の中は真っ白になり、思考が再開するのに数分を要した。

やがて、ゆっくりと二人の体は離れた。しばらくは自分たちの大きく息をする音だけが聞こえる。

「さあ、風呂で洗おう。アッコもお尻から精液出すだろう？」

川島が緩慢な動作で身を起こし、亜紀子に手を差し伸べた。

第三章　立ちバックで肛門を

翌日、亜紀子は貴志の病室へ着替えを届けに行った。代わりに洗濯物を持って帰るのだ。

貴志はちょうど昼食を終えたところだった。貴志の食事は塩分やたんぱく質の制限があるため、味はないに等しい。もともとスポーツマンでボリュームのある肉料理が好きだった彼には酷な話である。

「何かあったの？」

いきなり貴志にそう聞かれてドキリとしたが、

「何も？　どうして？」

と聞き返すと、

「いや、何か肌が艶々《つやつや》しているように感じたから、エステにでも行ったのかと思ってさ」

貴志の言い方に屈託はない。純粋に妻の肌艶の良さに気づいただけのことらしい。

「ああ、このところジムのサウナに長めに入ることにしてるから」

と亜紀子は話を繕った。

亜紀子の肌のきれいになったことを、貴志の気のせいということで押し切ってもよかったのだが、自分でも確かに肌の調子がいいと感じているのだ。

おそらく川島との関係ができてから、肌に艶が出てきたのである。もともと色白で艶やかな肌を褒められることの多かった亜紀子だが、このところさらに輝いているのは、激しいセックスの効果である。

（それに昨日はお尻でもしたし）

亜紀子は川島とのアナルセックスを思い出して股間を濡らした。

「アッコは健康そのものだなあ。それに比べて俺は……情けないよ」

貴志は亜紀子を眩《まぶ》しそうに見て、そんな弱音を吐いた。

「何を言ってるの、小野先生もおっしゃってたわ、杉原さんは入院患者の優等生だって。きっと良くなるわよ」

担当医の小野は貴志と年齢も同じということで、医師と患者の関係以上に気にかけてくれる。だが、

「この病気とは一生つきあうつもりで気長にいてください」

と亜紀子だけのときに言われたばかりなのだった。

(そんなことこの人に言えない)

元の健康な生活にすぐにでも戻るつもりでいるから、模範的な患者でいられるのだろう。貴志に余計な期待も持たせるわけにもいかないが、一筋の希望の光は必要なのだ。

「じゃ、私これで帰りますけど、また何か用があればメールか電話くださいね」

そう告げて病室を出るとき、ふと振り返ると、貴志が無言のまま自分の腰の辺りを見ているのに気づき、亜紀子は愕然《がくぜん》とした。

痩せ細り、倦怠《けんたい》感に悩まされる貴志に性欲が甦《よみがえ》ったのだろうか。あの目は家族としての妻ではなく、「女」を見る目だ。

もしや、貴志は亜紀子の行動に何か疑念を持っているのだろうか。

病院の廊下を歩きながら亜紀子は考えた。確かに自分は不貞を働く悪い人妻だ。そこを責められれば弁解の余地はない。だが、貴志が健康であれば、このようなことにはならなかったのではないか。

女盛りの身で、毎晩大きなベッドに一人で寝る生活。それがここ数年続いている。貴志も好きで病気になったわけではない。そこを責めてはいけないのはわかっている。

もし貴志が健康で毎晩亜紀子を抱いてくれていたら。(……でも川島さんとのセックスほどよくはなかったわ、きっと)

亜紀子は悪女になった気分でそう結論づけ、病院の表に出るころには川島の勃起した肉棒のことを考えていた。


藪田教頭に二人のセックスを撮影させると聞いて、さすがの亜紀子も反対した。

愛する川島が望むなら、何をされても構わないとは思う。しかし、第三者が絡んでくるとどうだろう。

「私たちの関係はそもそも大っぴらにはできないものでしょう？　藪田先生経由で世間に知られたらどうするの？」

「その点は大丈夫だって」

川島は自信たっぷりである。

ベテラン教員の藪田が複数セックスという変態行為に加わることは、本人も世間に知られたくないことかもしれない。しかし、それだけが秘密を守る動機なら危うい気がする。

「藪田先生の秘密は他にもあってね。俺がそれを握っている限りは大丈夫さ」

「どんな秘密？」

「それは秘密」

川島はいたずらっ子のように笑って、それ以上詳しくは教えてくれなかった。

体育館の放送室で藪田にも亜紀子のすべてを見せた日から数日後、川島の車でラブホに向かった。後部座席には藪田教頭が座り、ビデオとデジカメの準備をしている。

ホテルによっては三人以上での入室を断られることもあるという。だが、いつも川島と亜紀子が利用するホテルは、駐車場に入るとそのまま上の部屋に入るタイプの造りだった。料金の精算も各部屋で済ませるのだ。

「さあ、脱ごう」

部屋に入るなり、川島は風呂に湯を溜め始めると、とっとと服を脱いで全裸になった。

「私一人が脱がないのも変ですね」

藪田もパンツ一枚になっている。

男二人で亜紀子に気を使っているようで面白い。

亜紀子は苦笑しながら服を脱いでいった。

「おお、この間のガーターベルトとストッキングもよかったですけど、やっぱり真っ裸はいいですね。いいお尻だ。それにスジマンがいいなあ」

黙っているとそれなりに威厳のある教頭先生が、妙に饒舌《じょうぜつ》になっているのも滑稽だ。

藪田はビデオを構えると一転して無口になり、亜紀子の全裸を舐めるように撮っている。

風呂の中で川島が亜紀子の体を、特に無毛の股間を洗うときにも前後左右に動き回って撮影した。

川島も面白がって、亜紀子を湯船のふちに座らせ、股を開かせて、

「ほら、よく剃れてるでしょう？」

と藪田に正面から撮らせた。

「ここアップにして」

川島の指示で藪田は亜紀子の陰部にズームしている。

川島は華道家に相応しい繊細な指を持っている。その指が亜紀子のクリトリスをいたぶる。

「ほらほら、この奥さんはこうすると濡れてくるんだ。メスの匂《にお》いがしてくるでしょう？

それからここも感じるんだ」

川島の指は膣内をまさぐり、Gスポットを探り当てて、激しく擦る。

「あ、あ、ダメ……イッちゃう……う……う……ああ」

川島は亜紀子の感じ方に合わせて徐々に早く擦っていき、ある時点でサッと指を引き抜いた。

シュー。

一筋の水流が風呂の床を打つ。亜紀子の眉《まゆ》を寄せた困惑の表情と、得意げな川島の表情が

対照的だ。

潮吹きの瞬間をとらえた藪田は、

「ほ、ほ、や、やった」

と無邪気に喜んでいる。

「こんなお上品なマダムが潮吹くとはすごいでしょう？　それにこの奥さんはこれをしゃぶるのが好きなんだな」

川島は半立ちしている肉棒をレンズの前に突き出し、亜紀子にフェラを命じた。

自らの重みで、少し下に向き加減の肉棒をすくい上げるようにして口に含む亜紀子。ねっとりとしゃぶり続けるうちに、肉棒は硬度を増して徐々に天井を向きだした。

「すごい……」

藪田が小さく感嘆の声を上げる。

「ああ、いい……たまらんなあ」

川島は目をつぶってこの愛撫を受けていたが、風呂用の腰かけに座ると自分の上に亜紀子を呼んだ。

亜紀子が向かい合う形で川島にまたがり、肉棒を握ってると蜜壺《みつつぼ》に誘導する。

「おお」

藪田は洗い場の床に這いつくばって、見上げる角度で結合部分を撮影している。

(あ、ああ、入る)

亜紀子がそう心の中で思うのとまったく同じリズムで、

「お、おお、入った」

と藪田が実況した。

「ほら、動いて」

川島に促されて尻を振る亜紀子。上下に動かすかと思えば、グッと奥にくわえ込んだ状態で微妙に前後に尻を揺らす。

「それが気持ちいいのか？」

川島は酒に酔ったような目で問い質した。

「そう、こうするといいの」

正面から目を見合わせて答える亜紀子は、小悪魔的な笑みを浮かべてしまう。

「すごい……うう……すごい」

藪田はそうブツブツ呟《つぶや》きながら、じっとカメラのモニターを見つめている。

「何が気持ちいいか、藪田先生に教えてあげなさい」

自分の名を呼ばれてハッとする藪田に向かって、

「こうすると私のオマンコが気持ちいいの」

腰の運動を続けながら亜紀子は告げた。

「そ、そんな風にすると、ど、どうして気持ちいいのかな？」

藪田はもう一歩踏み込んできた。

「え？　だって川島さんのチンポがハマってるんだもの。長くて太いチンポが奥に当たって気持ちいいの」

思い切り卑猥な言葉を並べて答えると、藪田は自分自身がいい仕事をしたとでもいうように悦に入った表情をした。

亜紀子が卑猥な言葉を口にすることは川島を喜ばせる。藪田も同じようにそれを期待しているのだ。

「藪田先生、この奥さんはここにもチンポを入れるんです。どうしようもない淫乱なメスでしょう？」

川島は亜紀子の尻に回していた手を尻の谷間にもぐらせ、アヌスを指で探った。

「ああ、ダメよ」

亜紀子が甘えた声を発したのが、川島の人差し指が肛門を通過した合図だった。

「そうか……そりゃ、川島さんが狂うはずだなあ。こんな尻を自由にできるなんて男の夢ですよ」

その声は亜紀子の腰の辺りから聞こえた。

「アッコ、ここでしょう」

どうやら川島は亜紀子との肛門性交が病みつきになったようだ。


風呂から上がり、各自飲み物を手にして撮ったばかりのビデオを観た。

ホテルの大型モニターにビデオカメラを接続して再生したのだ。

亜紀子と川島はベッドの上に全裸で寄り添い、藪田は一人ソファに座っての鑑賞会だ。

「いやだわ……」

そこに映し出されるのは確かに川島の言うとおり、一匹のメスの姿だった。その浅ましく欲望のままに男を欲する姿に赤面しながらも、亜紀子は心の奥にそれを喜ぶ自分がいることを知った。

何と素直な自分だろう、と思うのだ。何も取り繕わず、見栄も張らず、生まれたままの姿で川島と愛し合う姿。

「さ、ここからがすごいですよ」

薮田が熱っぽく解説する。何しろ彼が撮影した映像だ。何が映っているのか知っているのは今の時点では彼一人だ。

画面では風呂場でのフィニッシュ、アナルセックスに移行するところだ。立って壁に手をつき、尻を突き出した亜紀子の後ろで川島がローションを肉棒に塗りこめている。

立ちバックで肛門を犯されるのは初めての経験だった。

(あんなに感じるなんてね)

亜紀子自身驚いたものだが、映像の中の亜紀子はまだそれを知らない。いずれにしろ先日の屈曲位でのアナルセックスしか経験ないわけだから、どんな体位でもしばらく初体験のものが続くことになる。この日の亜紀子も不安と期待が混じった心境で、じっとされるままになっていたのだ。

準備ができた川島が亜紀子の左の腰に手を添えれば、亜紀子はグッと尻をせり出す。川島が迫ると、カメラが亜紀子の尻をアップにした。

川島の肉棒は亀頭がはち切れんばかりに充実している。その太い先端がローズ色の蕾に密着する。

『いくよ』

川島が声をかけて、腰を進める。すぐには侵入を果たせず、肉棒は後ろから押されてグッと縮みこむように見えたが、そこからツルンッという感じで亀頭が肛門の一番頑《かたく》なな部分を通過した。

画面を見ていて、

（あの瞬間なのね）

と、亜紀子はそのときの自分の実感を反芻《はんすう》していた。緊張するのはこの瞬間だけである。あとは膣と違って奥行きもたっぷりあるのでどんなに長大な肉棒で突かれても痛くないのだ。

ゆっくりとしたペースでピストン運動が始まる。

「ほら、すごいでしょう？」

どうしてここで藪田が得意げになるのか意味がわからないが、確かにすごい迫力だ。亀頭が没してぴったりとはまり、まるで亜紀子の尻から生えているように見える肉棒。そのたくましく血管の浮き出た肉棒がググッと根元まで没すると、次には残酷に肛門を引っかけて顔を出す。引かれる肉棒に引きずられて肛門が膨らんでいく。

（こんなになるんだ）

自分の体の不思議な動きに興奮して濡れてしまいそうだ。

見ると男二人は完全に勃起させていた。

「いやあ、奥さんのオマンコはビラビラもサーモンピンクで、中はもっと明るいピンクで最高でしたけど、この肛門がまたきれいなんだな」

藪田は明らかに興奮のあまりに饒舌になっているが、自らの言葉にまた興奮するという相乗効果にはまっている。

『あ、ああん、すごい、すごいわ、あなた』

カメラが全体を映し出した。壁に両手をつき尻を突き出し、肉棒を肛門に受け入れた亜紀子が悶えている。

(本当によかったわ、これ)

亜紀子は感じすぎて崩れそうになるのだが、それを肉棒と腰を抱いた両手で支えて川島が引き起こす。

気持ちのよさで亜紀子の体は脱力してグズグズになっており、中に入っている川島の肉棒だけが芯になっているのだ。

『いいか？　いいか、アッコ』

『うん……いい……いいわ』

『どこだ？　どこがいい？』

『フン……フン……お尻……お尻よ』

『ケツの穴か？』

『そう、ケツの穴……ああ、ダメ、変になるぅ』

『変になっていいぞ。そんなにいいのかケツの穴にチンポ入れられて』

『ウン……いい……チンポいいわ。お尻にチンポいい』

『よし、もっとよくしてやる』

川島が煽るような腰の動きをして、亜紀子の体が踊っている。

『あ、あ、いい』

最初まっすぐ伸びていた亜紀子の足は徐々にしゃがみこむようになり、真横から見ると直滑降のスキーヤーのフォームだ。

川島もそれに合わせて腰を落とし、卑猥に腰を振り続ける。

(まるで親の仇《かたき》みたい)

交わっているときには亜紀子から見えなかった川島の顔を見てそう思う。男というのは自分の快感を追求するというより、女に快感を味わわせて征服感を得ることに集中する。川島の顔はまさにそれだった。亜紀子を快感の奈落《ならく》に突き落とすことに夢中だ。

(私の負けということね)

そうだ。亜紀子は完全に敗北した。それはこのままこの映像を観ればわかることだ。

『ああ、もうダメ……許して』

画面の中の亜紀子は頭を振り乱して懇願している。

『いいぞ、イってもいいから』

『ダメよ……ああ、オシッコ漏れそう』

『漏らしていいよ』

『ダメよ……ダメ……あああ』

シャーッと音をさせるものがある。藪田のカメラが追うと、亜紀子の股間からそれは迸っていた。

「いや、これはすごかった。すごかった」

藪田は画面に食い入って、そのときを回想しているようだ。

『よし、俺もイクぞ』

川島がゴールに向けてラストスパートをかける。

『ああ、ああん、ああ』

呆《ほう》けたような亜紀子が、川島の動きに合わせてガクガクと頭を振り、

『イ、イク……アッコ』

『あ、あなた』

繋《つな》がっている亜紀子の尻を基点にして、川島の体がピンと反る。

ドクドクと音が聞こえてきそうな射精の瞬間だ。

しばらく静止画像のようだった画面は、川島が亜紀子から離れるところから動き始めた。

川島が亜紀子の肛門から肉棒を抜き、抱えていた尻を離すと、その場に崩れる亜紀子。自分の小水が散っているはずの床に膝を揃《そろ》えて若干斜めになって横たわるのだった。

「このお尻がまたそそるねえ」

確かに男の目には無防備としか映らないだろう。このまま後ろから犯されても抵抗できない体勢だ。

このときの亜紀子は完全に放心状態だった。

(真っ白だったわ、頭の中)

横たわる亜紀子に川島がシャワーをかけ始める。床の小水も流すのだ。

『ほら、アッコ』

川島に尻をペタペタと叩かれても、

『ダメえ』

としか返事のできない亜紀子。

『藪田先生』

川島がカメラを呼び、叩いている亜紀子の尻を指差す。

『ほら』

川島はカメラに向けて、横たわっている亜紀子の尻肉を開いた。亜紀子の尻は左側をやや上にしている。川島はその左の尻肉に右手をかけて、グッと割り開いたのだ。散々陵辱されて赤味が差している肛門が顔を見せた。

『アッコ、出して見せて』

逆らう気はなかった。恥ずかしいという意識もこのときにはない。

あの大きな肉棒が出入りしていたとは信じられないほど、キュッとすぼまった肛門がゆっくり押し出されるような動きをして中心部分が小さく開く。そこから少し褐色に染まった精液がズルリと垂れ始め、亜紀子の右側の尻肉をつたって床に落ちていった。

「名作だ。これは傑作ですよ」

藪田が興奮して叫んでいるときには、亜紀子は川島と再び交わっていた。

今度は正上位で、川島の肉棒は亜紀子の膣内に収まっている。

「どう？　撮影されて自分でチェックする気分は」

「恥ずかしいに決まってるじゃない」

「そうかな？　俺は面白いけど」

「変態ね。私も楽しいとは思うけど」

「楽しい？　そうか、アッコも楽しんでるんだ」

川島は亜紀子の言葉に喜んで、大きく動き始める。

「あ、あ、何をはしゃいでるの。あ、いい」

この男との相性は抜群なのだと亜紀子は思った。セックスが楽しく気持ちいい。

（幸せだわ）

これはいびつな形の幸福なのだろう。しかし、幸せの実感をこうもストレートに得ることが他にあるだろうか。

そんなことが亜紀子の脳裏を一瞬よぎったが、すぐにいつもの快感の波が打ち寄せてきた。

藪田がカメラを構えているのが目の隅に見えた。


二度目も川島のフィニッシュは亜紀子の肛門で迎えることになった。

亜紀子がそれを望んだのだ。コンドームの違和感も射精寸前に抜く喪失感も亜紀子は嫌った。直腸の奥深くで川島の射精を受けるとその充実感は他に代えられない。

最初後背位で川島を肛門に迎え、最後は正上位でディープキスを交わしながらの射精となった。

「杉原さんは川島会長のアナル夫人ですね」

とは藪田の感想だ。

帰り支度をしながら、川島が知る藪田の秘密とは何かを亜紀子が尋ねたところ、

「それならうちでそのビデオをご覧いただきましょう」

と藪田の方から申し出てくれた。

藪田教頭にも妻子はいるが、単身で暮らしている。単身赴任とも少し違う事情で、喘息《ぜんそく》の息子のために長野県に家を借り、妻子をそこに住まわせているのだ。そんな家族と離れて東京で暮らす生活が、十五年も続いているということだった。

「東京に呼び戻すタイミングは何回かあったんですがね。息子の高校受験のときとか。でも息子も向こうの生活の方が長くて、友だちも地元の子ばかりですから、結局こういう形が続いています」

藪田教頭のマンションに向かう車中で本人はそんなことを言っていた。

藪田のマンションは一人暮らしには少し広過ぎるぐらいの２ＬＤＫだった。もともと家族三人で暮らすつもりで購入したのだろう。

「ま、座ってください」

勧められるまま亜紀子と川島が寄り添うようにソファに座ると、藪田はビデオカメラに別のテープを入れて、大型テレビに接続して再生を始めた。

野外の風景である。季節はまだ夏だろうか。夏休みに撮られたもののようだ。

「ここはもしかして牛沢公園？」

「そうです」

それなら亜紀子の家からも近い。佳蓮が赤ん坊のころには乳母車に乗せてよく散歩したものだ。

カメラはゆっくりと周囲の景色を映している。やがて一人の若い女性が画面に現れた。

「葉山先生⁉　葉山理香子先生じゃないですか？」

間違いない佳蓮の担任の若い女性教諭だ。夏らしいベージュのワンピースを着ている。

「どういうこと？」

どちらに尋ねるともなく亜紀子が口にすると、

「ま、いいから見てなって」

と川島が画面から目を離さないまま答えた。

『ここで？』

画面の中の葉山理香子がカメラに向かって尋ねている。

『そう、ここで』

藪田の声だ。

『ほんとに変態なんだから』

理香子は周りを少し気にしたあと、スッとしゃがんだ。カメラも追いかけるように地面に近づき、理香子のスカートの中を映し出す。

下着を着けていない。ノーパンの上に陰唇の周りの毛を剃っているようだ。

はっきりと淫裂が見える。

『自分で開いて』

再び藪田の指示が飛び、理香子は両手を腿《もも》の外側から回して、自らぷっくりとした陰唇を開いた。

『おお、いいね。よく見える』

藪田のカメラはそこにズームして、画面いっぱいに若い女教師の性器が映し出された。尿道口まではっきりわかる。するとその尿道口から透明な液体が筋となって放出され始めた。

シュー、という音が途切れることなく聞こえる。長い。

『おお、おお、溜まってるね』

『だって、溜めて来いって言ったじゃない』

教師としての葉山理香子は頼りないものの、いい家のお嬢さんという印象が強かった。それがずいぶんと年上で上司でもある藪田教頭に対して、なんとも蓮《はす》っ葉《ぱ》な言葉遣いだ。確かに男と女の関係になれば、年齢も地位も意味がないとは言えるが。

それにしてもショックである。

『終わったわ。ティッシュ持ってる？　私忘れてきちゃったわ』

その部分を両手で開いたまま理香子がカメラに向かって言っている。

『じゃ、このハンカチ使って。いや、私が舐めてあげるよ』

『何言ってるの、変態』

理香子はそう罵《ののし》ったが、結局藪田に押し切られた。

ビデオカメラが地面に置かれ、斜めになったその画面の中で、少し腰を浮かせた理香子の股間に藪田が吸いついている。

チュウチュウという音が微《かす》かに聞こえてくる。

その後も公園のあちこちで性器を露出する理香子が映り、最後の方には藪田の肉棒を頰張るところもあった。

「こんな関係だったんですか？」

ビデオ再生が終わった瞬間、亜紀子は妙に丁寧な言葉遣いで尋ねてしまった。

「こんな関係だったんですよ」

藪田は悪びれる風もない。

「でも葉山先生はご自宅から通ってらっしゃるんじゃなかったかしら？」

亜紀子はそう聞いている。

「そうですよ。彼女は本物のお嬢様ですからね。ですからそうそうこんな遊びはできません。毎日メール交換は欠かしませんが」

そういうと、藪田は携帯の受信メールを見せてくれた。

〈いつも私のこと考えて、こんなになってるの？　いやらしいわね。変態。いいわ、また入れさせてあげるわよ〉

「これはね、彼女にあそこの画像をメールで送ってもらって、お返しに私がそれを見て興奮したところの画像を送りましてね。その返事です」

「いつからこんな関係になったんですか？」

自分には関係ないことかもしれないが、亜紀子は聞かずにいられなかった。

「もう一年になりますかね。これが本当に面白いんですよ。私が休日にＳＭのパートナーを探すサイトでチャットしていたら、彼女が入ってきましてね。最初は当然自分の部下とは気づきませんでしたけど、意気投合して会ってみたら、これが……」

「すごい偶然ね！」

亜紀子が心底感心すると、

「ね、すごい話だろう？」

川島も愉快そうに言う。

「あと、このメールも面白いですよ。彼女にアナルセックスは気持ちいいか聞いてみたら、これが返ってきました」

〈気持ちいいよ。感じてるからね。またお尻に入れさせてあげようか？　変態〉

どうやら、理香子は肛門でも性交するようだ。

（若いのに）

亜紀子は若いうちから尻穴でもセックスする理香子が不思議だったが、

「彼女はソフトＳＭに興味があるということだったんですがね。結局、何でも受け入れてくれます。彼女の態度はＳの女王様のものですけど、やっていることは私が責めている感じですね」

このベテラン教師にとって若い部下が宝物になっているようだ。

「えーと、それからこれ。いつもお互いのあそこの画像を写メールしあうんですが、このときは思い切ってオシッコの画像をリクエストしたんです。そしたら彼女はちゃんとわかるようにお風呂場で撮ってくれましてね。感激して私が今度オシッコを飲みたいと、理香子のものだったらウンチも食べられるとメールしたら返信がこれです」

〈ほんとに変態だね。私のウンチも食べるの？　変態、ド変態。今度オシッコ飲ませてあげるよ。こぼさずに全部飲むんだよ〉

亜紀子は自室でこのメールを打っている理香子の姿を想像した。

「それで？　オシッコを飲ませてもらいましたか？」

川島が尋ねると、

「ええ、ええ、それはもう」

藪田が即答している。

「オシッコ飲むんですか？」

亜紀子にとっては驚天動地の事実である。そんなことをする人間がいるとは信じられない。

「多いですよ。放尿プレイを喜ぶ男」

藪田は亜紀子の認識の方が保守的で古いとでも言いたげだ。

「そのときのビデオは？」

川島も興味津々である。

「ありますけど……ま、いいか。ちょっと待ってください」

　藪田はまた別のテープを探して再生を始めた。

「これうちの風呂場なんです」

　無人のバスルームが映っている。ドアを開け放して脱衣所に置かれたカメラからの映像である。どうやらカメラは三脚で固定されているようだ。

『こっちに頭を向けて寝るからね』

『うん』

　藪田の声と理香子の返事が聞こえたかと思うと、全裸の藪田が現れ、カメラの方を頭にして仰向けに寝転がっている。肉棒はまだ勃起していない。

『来てよ』

　藪田に呼ばれて、これも全裸の理香子が現れた。

「葉山先生、きれいな体してる」

　思わず亜紀子は声に出して言った。

　さすがに若い理香子は贅肉のないすっきりとした体型をしている。プールでの水泳指導もしているせいか、ワンピースの水着の跡がくっきりとついた体は伸びやかだ。グラマーというのではなく、したがって亜紀子よりもずっと小ぶりな乳房をしている。しかし、それも小さいなりに形良く、腰の線も一見華奢《きゃしゃ》だが尻はツンと上を向きウェストが細いのできれいなラインをしている。

「うん、バランスのいい体だ」

川島が理香子の裸を褒めた。

亜紀子の胸がチクリとする。川島が他の女に興味を示したようで妬《や》けるのだ。

画面の中では理香子がこちらを向き、藪田をまたいで立っている。

陰毛は申し訳程度に前から見える部分を残している。肉溝の周りは剃っているのだ。

『ここに立って』

藪田の指示する声が聞こえる。

藪田の顔の両側に足を置いた理香子がゆっくりとしゃがむ。それもバレエのように真横に膝を開いていくので、腰を落とすごとに淫裂が露《あら》わになっていく。

藪田の顔の真上数センチのところまで来て、理香子は両手で自分の膝頭を持ち止まった。

大胆なポーズだ。

理香子はカメラの方を見た。モニターに映っている自分の姿を確認したようだ。

もともときれいな顔立ちをしているが、今はゾクゾクするような妖艶な美しさだ。

『いくよ』

理香子はそう言って、真下にある藪田の顔を見る。肩にかかるほどの長さのサラサラヘアーがパサリと落ちて顔を隠した。

『はい』

理香子の中心から聖水が藪田の口めがけて一筋の線を描き始めた。

『ン……ン……コホ……ウン』

藪田が必死に飲み干そうとしているが量が多い。

『こぼすんじゃないよ。全部飲みなさい』

髪の毛の陰になっている口元が微笑《ほほえ》んでいるように見えた。

(楽しんでいるんだわ、葉山先生)

男にオシッコを飲ませることが面白いのだろうか？　いや、面白いに違いない。男と女は何でもありなのだ。

亜紀子は、この年になるまで自分がいかに小さな世界に生きていたかを思い知った。

『よーし、全部飲めたね。えらい、えらい』

理香子の口調は三十歳近く年上の男を完全に手玉に取っている。

『じゃあ、舐めて』

理香子はさらに腰を落として、藪田の口に肉溝を押しつけている。藪田は下から顔をうなずくように動かして必死に舐めている。

『何これ、勃起してんじゃないわよ』

後ろを振り向いた理香子が立ち上がると、画面の奥に屹立した肉棒が見えた。

『何よ、いやらしいわね』

理香子が乱暴に肉棒を握り、振り回している。ちぎれそうな勢いだ。藪田が悲鳴を上げている。

『何、藪田！　私に入れたいの？』

『は、はい』

今度は髪の毛の陰から理香子の目が見えた。妖《あや》しい。

この若い女に五十男が翻弄《ほんろう》されるのもわかる気がする。

『ほら』

藪田を起こすと、理香子は壁に背をもたれ床に尻を落として股を開いた。その前に正座するようにして収まる藪田。

『もっと舐めなよ』

言われるままに藪田はおずおずと床に這いつくばって理香子の肉溝を舐めている。

『ヘタクソ』

罵って藪田の肩の辺りを蹴《け》る理香子。

『もういい。入れて』

藪田は無言で挿入の体勢をとったが、いまいち「立ち」が悪いようだ。

すると理香子は不思議な行動をとった。

『ほら立って』

藪田を立たせると手で肉棒をしごいてやり、それでも足りず口に含んでいるのだ。

（なんか優しい）

藪田と葉山の関係に少しばかりついてゆけず、引き気味だった亜紀子も、この一風変わったコミュニケーションの真髄が見えてきていた。

確信は持てないが、「愛」に近い何かがあるようなのだ。変態的にみえても最終的には二人の肉体的結合がある。

もしかするとこの乱暴なやりとりの方が、より強い信頼関係を必要とするものかもしれない。

ようやく十分な勃起を得た藪田は、風呂場の床の上でついに挿入に成功した。ぎこちなく腰を使う藪田が口づけするつもりか、顔を近づけると、

『やめろよ、オシッコ臭い』

理香子が不機嫌に言い、

『だって理香ちゃんのオシッコだよ』

と藪田が力なく言い訳する。

『自分のだってオシッコいやだ』

続けて罵倒《ばとう》する理香子だが、幼い子供が親に駄々をこねているような調子で、ある種甘えている感じだ。

キスはなしで、顔と顔の距離を保ったまま、藪田のピストン運動は続く。

『ハ……ハ……フン……』

理香子も結構感じているのか、鼻声が漏れる。

「こんなところですかね」

藪田が突然ビデオ再生を停止した。

「え？　この先は？」

驚いて川島が催促するが、

「いや、延々とこれが続くだけですよ」

「射精しなかったんですか？」

「このときは確かそうです。私ぐらいになると挿入さえすれば、別に射精がなくても平気なんですよ」

藪田の言う「私ぐらい」とは年齢のことのようだ。

どうやらあのテンポでずっと明確なフィニッシュのないままに、挿入した状態が続いたらしい。

いずれにしろ川島と藪田が互いの秘密を持ち合った状態なのはわかった。そして亜紀子も藪田と葉山理香子の秘密を知ったのだ。

「葉山先生も私と川島さんの関係を知ってるんですか?」

亜紀子はそのことだけ確かめてみた。

「いえ、まだ彼女には教えてません。まだ若いですからね。どういう反応になるのか見当もつかないですからな」

藪田はこの点冷静に対処しているようだ。

藪田とはまた自分たち二人の情事を撮影する機会を与えることと、葉山とのプレイのビデオを鑑賞させてもらうことを約束した。

「縛りや浣腸プレイもする予定ですから、楽しみにしていてください」

真面目なベテラン教師と思っていたのに、男とはみんなこうなのだろうか。ある意味で藪田の方が、川島よりもはるかに意外な夜の顔を持っていたのだ。

第四章　あなたに変態にされたメスよ

川島は藪田教頭に触発されたのか、さらに大胆に亜紀子を求めるようになってきた。亜紀子にとっては緊張する場面が増えたともいえるし、楽しみが増えたともいえる。亜紀子の一日のスケジュールは逐一報告することになっている。そのどこに川島が現れるとも知れないのだ。

木曜日の午後四時からは佳蓮のスイミングがあり、車でプールに行く。いつもなら佳蓮のクラスの間、上の階のジムで汗を流す。

この日は違った。

〈駐車場で〉

というメールが川島から入ったのだ。

（ジムの用意が無駄になったわ）

と亜紀子は心の中で嬉しく愚痴った。

他の母親と挨拶《あいさつ》だけすませて、自分の車の中で川島を待つ。

このジムの屋外駐車場は広い。たまに子供のスイミングのクラスがあるときで満車になることもあるのだが、この日はまだ数台の余裕があった。

入り口の駐車場係りに誘導されて、川島のワンボックスが入ってきた。仕事用の車だ。川島は一番奥のスペースに車を入れた。おそらくすでに亜紀子のＢＭＷを見つけているだろう。

愛車のドアを開けて駐車場を縦断するように歩く間、亜紀子の動悸《どうき》は軽く速まった。人目に対する緊張とこれから始まることへの期待からである。

「川島生花店」の車の運転席に人影はなかった。

「こっち」

奥の塀に面した側のスライドドアが開いていて、川島が待っていた。

二列目の座席はたたまれており、その後ろの広い荷台スペースにはマットが敷いてある。用意周到である。

亜紀子がスライドドアから入ろうとすると、

「待て」

と川島は制し、ビデオカメラを構えた。

「ここでオシッコしろ」

「え？　ここで？」

車と駐車場の塀との間には人一人はしゃがむ程度の間隔はある。人に見られるとすれば、向かい側に停めてあるベンツの持ち主がやってきたときだけだろう。駐車場の入り口を見て、誰も歩いてくる気配がなければ、放尿の時間は確保できる。

そういう川島の計算は言われなくてもわかった。

あとは亜紀子の羞恥心の問題だ。

だが、亜紀子は躊躇しなかった。この男を喜ばせることが最優先なのだ。

「もういやだ」

と誰に対する言い訳ともわからない一言を発してから、亜紀子はフレアスカートに手を入れ、パンティを下ろして足から抜き取った。

「ね、誰も来ない？」

「……大丈夫だ」

川島は駐車場を一瞥《いちべつ》したあと、ビデオカメラを構えた。

スカートの裾がアスファルトにつかないよう気を使いながらしゃがみこむ。

車に乗ったままの川島が、ビデオカメラだけ亜紀子のスカートの前に差し出し、モニター画面の角度を調節した。

「よーし、丸見えだ」

「いいの？　出して」

「うん」

すぐには出ない。ふだん無意識にしていることなのに、どこに力を入れるのか、あるいは抜くのかわからなくなる。

「早くしろよ、アッコ」

「……待って……あ、出る」

シュー。

そんなに差し迫った尿意はなかったのに結構な量が出て、亜紀子は少し安堵《あんど》した。川島を満足させられる。アスファルトに傾斜があるのか、水溜りは駐車場の端に流れていった。

放尿を見られること自体は初めてではなかった。藪田のマンションで葉山理香子の放尿ビデオを観た次の逢瀬では、ホテルの風呂場で放尿を披露している。

そのときもごく自然に川島の要求に応えた亜紀子だった。その心理にも藪田のビデオが影響を与えたかもしれない。

「終わった。もう出ないわ」

亜紀子の言葉にビデオを引っ込めた川島は、

「ほら、立ってここに片足をかけろ。始末してやるよ」

と次の指示を出した。

右足を地面につけ、左足をスライドドアの開いた車のフロアに乗せる。フレアスカートの前を持ち上げたまま腰を突き出す。車内のフロアに腰を下ろしている川島に、無毛のドテを見せつける格好だ。

「アン」

小さく声を出してしまう。亜紀子の予想どおり、川島はティッシュを使わずに、亜紀子の股間に舌を這わせて滴を舐めとったのだ。

川島も藪田教頭の影響を受けているのである。藪田のように口をつけてゴクゴク飲む真似はまだできないが、放尿を見物すると必ずこうして滴を舐めるのだ。

「うまい」

川島は尿の味のことをそう言い、

「そんなわけないでしょう」

と亜紀子を苦笑させた。

亜紀子の胸が高鳴る。こんなことが楽しいのだ。

車内に上がりこみ、スライドドアを閉めると密室ができあがった。カーテンも閉めてあるから外から覗かれる心配はない。

だが、時間も限られているし、万一の事態も考慮して服は脱がない。

亜紀子はマットの上に仰向けに寝た。そして両足を大きく開く。フレアスカートはこんなとき便利だ。

川島がむしゃぶりついてくる。舌と指で徹底的に責めてくるのだ。なんとしても一度亜紀子をイカせるというのが、川島のこだわりらしい。

時々周囲で車が出入りする音や、ドアの閉まる音が聞こえる。あまり大きな声は出せない。

「ああ……いい……あ、もっとそこ舐めて……」

亜紀子は声を潜めてよがる。

あとは川島の舌の動きに合わせてピチャピチャと子猫がミルクを飲んでいるような音だけが車内に響く。

「あ、ああ……もうすぐ……あ、イク」

亜紀子は全身を痙攣させ、それでも声は控えめにして絶頂を迎えた。

「ふう」

川島は額に汗を浮かべて、一仕事終わったとでもいうように息を吐いた。

エクスタシーの後には完全な脱力の時間がある。このとき亜紀子は体全体が水の入った皮袋になったように感じる。だが、欲望には火がついたばかりだ。

「ねえ、来て……入れて」

「何を?」

「もう……チンポよ。あなたのチンポ」

何度この卑猥な呼び名を言わされたことだろう。亜紀子がこの言葉を発するたびに川島は奮い立つ。それを知っているからあえて連発するのだ。

「ねえ……早く……あなたの太くて硬いチンポちょうだい」

腰をくねらせて亜紀子がねだると、必ず川島の鼻息が荒くなるのだ。

「よーし、じゃあ、まずしゃぶれよ」

今度は川島がマットに横たわる番だ。下半身裸になり仰向けで亜紀子の奉仕を待った。

亜紀子は半分覚醒した状態の肉棒をつかんだ。いつも亜紀子を舌と指で責めている間は、そのことに集中してフル勃起には至らないようだ。

シックスナインのときも、亜紀子の方は感じ過ぎて口がおろそかになるのだが、川島は逆に愛撫に集中してフル勃起しない。

亜紀子はグッと肉棒を握った。まだフルに充実する前のこの感触も好きだ。握った手を上下させる。少し硬度が増す。亀頭の裏側にチロリと舌を這わせる。ここが感じると川島が教えてくれた。

「ねえ、これ私のもの？」

川島の目を見ながら問いかける。

「うん、アッコのものだよ」

「ウソ！　奥さんともしてるでしょう？」

「してないって」

カプッと亀頭を口に含み、中で舌を使う。亀頭全体を舐め回すのだ。

「おお、いい。上手になった」

「ほんと？　私上手？　他の人にしてあげたら喜ぶかな？」

「喜ぶさ。してやれよ」

「いやよ。あなたのだけ好きなんだもの」

亀頭から裏筋をペロペロ舐め下って、睾丸にたどりついた。舌でしわしわの皮をすくい上げる。

「フー」

目をつぶって何事かに耐えるような息を吐く川島。自分の愛撫が功を奏しているのを確認して亜紀子はさらに没頭する。

今度は逆に睾丸の方から裏筋を舐め上げ、再び亀頭を口に含むと飲み込む勢いでくわえ込む。

さすがの川島も腰を反らし加減にして快感に耐えている。完全に勃起した肉棒は木の硬さだ。

「もう入れていいでしょう？」

「ああ」

そのまま川島にまたがる亜紀子。和式トイレにしゃがむスタイルで、まず肉溝に沿って肉棒を前後させる。亀頭部分で淫裂を擦るのだ。

「ああ、気持ちいいわあ」

川島はこのように亜紀子が浅ましく快楽を求める姿に興奮してくれる。上品な奥様が自分によってセックス好きになったのが嬉しいそうだ。

亜紀子もそう思われるのが嬉しい。

「すげえな。アッコは本当にメスだな」

興奮で裏返りそうな声で川島が言えば、

「あなたが私をこんなメスにしたのよ」

亜紀子も言い返し、狙いを定めてゆっくり尻を下ろしていく。

「あ、あ、入る……いいわあ」

「アッコの中、お湯みたいだ」

亜紀子の愛液はこのところ増量しているようだ。それもこの数週間の変化の一つである。

一番奥まで入れる。無毛のドテが川島の陰毛に接している。

そこで一度静止して味わう。

川島も肉棒で亜紀子の中を確かめるように、ときおりピクピクと動かしてくる。

「ああ、動く。動かしたでしょう？」

「うん」

「ダメよ。感じるから」

「感じるならいいじゃないか」

またピクピクと動く。

（ああ、楽しいわ）

夫貴志のときと比べて、川島のセックスは何もかもがいい。

亜紀子の責める番だ。ゆっくりと尻を上下させる。

「見える？」

川島に挿入部分が見えているか尋ねる。

「うん。見えてる。すごいよ。すごくいやらしい眺めだ」

男は視覚からの刺激に弱い。こうして見せつけて責めるのだ。

亜紀子が徐々にピッチを上げながら、

「ああ、いいわ……すごく硬いの……大好きよ、このチンポ」

と呪文でも唱えるように甘えた声を聞かせると、

「あ、ちょっと待って」

川島が亜紀子の動きを制した。

「危ねえ……イクとこだったよ。ちょっと動かないで……あ、やめろよ」

動きを止めた状態でも亜紀子がそこを締めるとまた刺激を感じるらしい。この、肛門と合わせて膣を締めるテクニックもごく最近習得したものなのだ。

「イケばいいのに」

亜紀子が挑発すると、

「もう危ないからアナルにしよう」

川島は亜紀子の尻を持ち上げるようにして自らの肉棒を解放した。

初めてのアナルセックス以来、どんなに短い逢瀬でもフィニッシュは尻穴への射精になった。

コンドームは川島にとって、その感触と装着時の白けた間が不満のようだ。途中で抜いての射精も、弾ける直前に自制するので欲求不満になりがちだ。

その点、アナルセックスはいい。男にとってその瞬間に腰を突き出しての射精は、何よりのストレス解消になる清々《すがすが》しいものだ。

亜紀子にとってもすべて同じである。薄いゴム一枚隔てたもどかしさや、途中で抜かれる喪失感は、女なら誰でも感じる虚《むな》しさにつながる。

尻の穴とはいいながら、最後の瞬間に思い切り奥に突き立てられ、名前を呼ばれながら射精を受けることには幸福を感じる。

川島は反り返った肉棒に右手でローションを塗り始めた。左手で亜紀子の肛門にもローションを塗りこめている。

「もういいだろう」

亜紀子は四つん這いになった形から尻を落とす。四つん這いのままだと、角度的に川島が中腰にならないと肛門を犯せないのだ。車内でその体勢になると、正面からフロントガラス越しに見られてしまう。

亜紀子の後ろから川島が迫る。ちょうど蛙《かえる》の置物が二つ前後に並んだような体位だ。

亜紀子も慣れたもので、両手で自分の尻肉をつかみ思い切り開く。

「よーし」

川島が意気込んで腰を進める。

膣と違って、尻穴は一点にすぼまっているから、まず亀頭で押される圧迫感がその周辺の肉にある。そこから十分な硬さを持った肉棒だけが、突破してくるのだ。

「あ、入った」

亜紀子の下腹が熱を帯びる。

ググッと硬い塊が突き上げてくる。

尻を広げている指に川島の腹が当たったのがわかった。

「根元まで入ってる」

川島は目で確認してそう言ったのだろう。

もう尻を開く必要はないので、手を前につく。それこそ座敷で三つ指ついて挨拶しているようなポーズだ。

「いいなあ。いい締りだ」

川島はしみじみとした口調で言うと、ゆっくり腰を使い始めた。

「どうだ、アッコ」

「いいわ……気持ちいい」

「尻の穴で感じるのか？」

「……そうよ、お尻で感じるわ」

「フフ、変態だな。変態のメスだ」

「……そう、あなたに変態にされたメスよ、私」

最初はベッドでも「ですます」調の固い話し方だったのが、今では二人きりのときはタメ口になる。その口調の変化と女として淫らになっていった変化の線が同一だ。

「今度さあ、藪田先生たちみたいに、牛沢公園でこれしよう」

腰に捻りをくわえながら川島が言う。

「ああ……いいわよ……」

「わかってるのか？」

「あ……アン……何を？」

「だから、俺が何をしようって言ってるのか、わかってるのかって」

「わかってるわよ」

「何だ？」

「……あ……今度牛沢公園で……これするんでしょう？」

「これって？」

「あ……私の……お尻の穴に……あなたのチンポ入れるの……」

「そうそう」

川島は愉快そうに言って、腰のテンポを弾けさせた。

「あ……ああん……いい……ダメ……声出ちゃう」

「シー……静かに……どこがいい？」

「お尻よ……お尻が感じる……」

「俺も感じる……アッコのお尻最高だ」

「ほんと？　嬉しい」

「最高……最高の尻の穴」

「ああ……あなたのチンポがいい」

「アッコの肛門がいい……ああ……イク」

「来て、たくさんちょうだい」

「あ……あ……アッコ……イク」

「あー」

川島の腹が亜紀子の尻を打つ音がやんだ。射精しながらもなお、川島は腰を細かくしゃくりあげ、さらに奥に精液をばら撒《ま》こうと亜紀子の肛門を突き上げる。

やがてゆっくりと二人は離れ、倦怠感のなかで身づくろいを始めた。

「どう？　汚れてない？　ウンチついてないの？　大丈夫？」

亜紀子はそれだけを気にした。

「大丈夫だよ。そんなに心配なら、今度は浣腸してからしようか？」

「それは……」

亜紀子には即座に拒否できない理由があった。

（もしかしたらすごくいいのかも）

という思いが頭の片隅にあるのだ。これまで話の中だけだと思っていた数々の行為が、体験してみれば素晴らしくいいものだということがわかってきた。

それをやる人がいる、ということはやるだけの価値があるということなのだ。

「じゃ、もう行くね」

身支度が終わって亜紀子はそう告げた。そろそろ佳蓮のクラスが終わるころだ。

スライドドアを開ける前に、また激しいディープキスを交わしてから、亜紀子はジムに戻り、川島は車を出した。

貴志の表情が暗い。

病人だから当然かもしれないが、それにしても見舞いに来た亜紀子との会話が弾まないのだ。

病状が急に悪化したということではない。少し悪い方にではあっても、安定した病状ではあるのだ。

ときにはほとんど言葉らしいことを発しないまま、亜紀子が病室を後にすることもある。

(何か知っているのだろうか?)

亜紀子も疑心暗鬼になってきた。

川島とのことは二人だけの秘密ではなくなっている。藪田教頭が情報を漏らすとは思えないが。そうでなくとも、川島との逢引を誰かに見られたという可能性もないわけではない。

「パパ、どうかしたの?　最近元気ないわ」

思い切ってカマをかけてみる。

「そりゃ病人だからね。元気ないさ」

「そうじゃなくて、このところ話すこともないじゃない」

病室は個室であり、ふだんは話し相手もいない。せめて亜紀子が訪れるときに話さなければ、終日無言の場合もあるのではなかろうか。

「何か気になることでもあるの？」

すぐには答えそうもない貴志の様子を見て、こちらから質問を重ねた。

貴志は窓の外に澱《よど》んだ視線を泳がせていたが、小さな決意の表情を見せて亜紀子の方に顔を向けた。

「アッコ……俺と結婚して後悔してるんじゃないか？」

「何言ってるの」

貴志がこんなことを言い出したのは初めてのことだ。元々スポーツマンらしく頭の切り替えも早くて、クヨクヨしない明るい性格である。長引く入院生活が、そんなスポーツマン気質まで奪い去ったのかもしれない。

「いつだったかアッコが帰ったあとで、鏡で自分の顔を見たんだけど……老けたよなあ、俺。それに比べてアッコは最近またきれいになったよ。とても若々しいよ。俺なんかだと不釣合いじゃないのかな」

弱気になっている。もしかしたら鬱《うつ》病のような精神疾患の恐れもあるのではないだろうか。

「そんなことないわよ。私は今の生活に満足してるわ。それは、パパには元気になってほしいけど。この病気はパパ一人の問題じゃないわ。私たち家族三人で抱えている問題なの。一人で悩まないで」

夫の病気に家族みんなで取り組むように、とは担当の小野医師から言われた言葉だった。

しかし、亜紀子の本心であることは間違いない。

今の生活に満足している、というのも本音である。経済的不安もなく、佳蓮の世話に専念できて、暇さえあれば川島との情事に没頭している生活が悪いものであるはずがない。

「でも、アッコもまだ若いんだし、魅力的だから他の男とつきあいたいと思わないのか?」

来た。

言いたかったのは結局これだったのかもしれない。どこまで知っているか探りたいが、藪蛇になっては元も子もない。

亜紀子は策を巡らせた。笑ってみせたのだ。

「何言い出すかと思えば、もう。怒るわよ。そんなわけないでしょう。佳蓮との時間ばかりで女友だちとも電話する暇もないのに、そんな男の人のことなんて考えてる余裕ないわ」

嘘も方便という。

貴志が今の自分の言葉を信じてくれれば、お互い幸せだと思う亜紀子だった。

「そうか……ならいいんだけどさ」

元気よく言い放った亜紀子を眩しげに見つめて、貴志は納得したような表情をした。

「私のこと疑ってたの？」

「そういうわけじゃないけど。アッコは昔からモテたからな」

「モテた覚えはないわ」

「いいや、アッコを狙ってる男はたくさんいたんだ。今だっているに違いないよ」

「そんなことありません」

「それはアッコが気づいてないだけだよ」

貴志のいうとおりかもしれない。亜紀子はこれまで男の心理に疎すぎた。男兄弟のいない家庭に育ったからかもしれないが、この年になって男というものの正体を知ったような気がする。

「じゃあ、今も私をそんな目で見ている人いるのかな？」

「いるさ」

「誰？　たとえば」

「……小野先生とか」

やはり貴志は入院が長過ぎたようだ。男の名前をあげるにしても、この病院でふだん目にしている医師の名前しか出てこない。いかに狭い世界に暮らしているかということだろう。

「それは小野先生に失礼でしょう。先生にはきれいな奥さんだっていらっしゃるんだし。パパの考え過ぎよ」

結局はすべて笑い話にして病院を後にした亜紀子だった。

その夜、佳蓮を寝かせつけた後、ベッドに入って読書中の亜紀子のもとへ川島からのメールが入った。

〈起きてる?〉

すぐに返信する。

〈起きてるよ。読書中。そちらは何してるの?〉

時刻はまだ午後九時を回ったところだ。

〈教室が終わって、一人になったところ〉

そうだった。川島は毎週金曜の午後七時から、仕事帰りのOLを中心とした華道教室を開いている。

一人だとわかったからにはメールの必要はない。すぐに電話してみる。

「もしもし」

『はい。どちら様ですか？』

「あら、もう私の声を忘れたの」

川島の声を聞いた瞬間に濡れたような気がする。

『なんだ、杉原さんの奥様か』

「私のことなんか忘れるはずよね。生徒の中に可愛い娘いたんでしょう？」

『どうだったかな……あ、いたな、そういえば』

「いやだ！」

冗談のつもりで話を振ったのに、すぐに動揺してしまう。亜紀子の負けである。

「じゃあ、どうしてメールしてきたの？」

意識してないのに甘えた声になってしまう。亜紀子は川島に惚れているのだ。

『アッコが気になったからに決まってるだろ。どこかの男に毛のないマンコ見せてるかもしれないし』

「そんなわけないじゃない。あなただけよ。知ってるくせに」

『アッコがそうでも、アッコを狙ってる男はたくさんいるからな』

亜紀子は昼間の貴志の言葉を思い出した。

「今日主人もそんなこと言ってたわ。私はモテるからって。主人の担当のお医者様まで狙ってるようなこと言ってた。被害妄想かしらね」

『それは本当にそうなんじゃないか？』

川島の言葉を即座に否定しようとして、亜紀子はあることに思い当たった。藪田教頭の件である。真面目なベテラン教師と思っていたのに、亜紀子の体に淫らな視線を送っていた。迂闊《うかつ》にもそれに気づかなかった亜紀子なのだ。

小野医師のことも男である貴志の方が見抜いているのかもしれない。

「でも私はあなたのことしか考えてないもの」

『本当に？』

「本当よ」

『じゃ、今濡れてる？』

「え？」

『俺は立ってる。アッコの声聞くとアッコの裸が頭に浮かぶんだ』

亜紀子の中で少女の頃のときめきが再現された。嬉しい。

「いやらしいのね。……濡れてるわ」

『それは今ちゃんと確かめたの？』

「うん。触ってる。……濡れてる。あなたの声を聞いたからよ」

実際、亜紀子は右手をパンティの中に差し込んでいた。

『俺もビンビンになってる。すごく硬い』

「ああん……欲しくなる。ね、見せて」

『わかった。アッコも見せてくれよ』

「うん」

そこでいったん電話を切って、撮影タイムだ。

亜紀子はベッドサイドテーブルの照明スタンドに向けて、パンティを取り去った股を開いた。

何度かシャッターを切る。携帯を持つ自分の手の影で肝心な部分が隠されたり、ピントが甘かったりして結構自撮りは難しいのだ。

一番出来のいいものを添付してメールする。発信した直後に受信メールがあった。

本文はなく、三枚の画像が添付されている。

どれも見事に勃起している川島自身が映っている。

（すごい）

今すぐ欲しい。

着信音だ。

『もしもし。濡れてるね。いやらしいよ』

「いやらしいわ。すごく硬そうじゃない」

『硬いよ』

「欲しいわ。今すぐお尻に」

『いきなりお尻かい』

「そう、あなたに射精して欲しいから」

『俺は射精したくないな』

「どうして？」

『射精すると終わるだろう？　俺はもっとアッコにハメていたいんだ。ずっと繋がっているのがいい。射精は目的じゃないからね』

この卑猥な会話に亜紀子は愛を感じた。川島は自分を愛してくれている、その幸せな実感が全身を包む。

「ああ、イキそうよ。そんなこと言われたら」

『これから会う？』

「会って！　して」

『迎えに行くよ。牛沢公園でしようか？』

「もっといいところがあるわ」

すぐに身支度して車を出した。川島の車で自宅に迎えに来てもらうのは目立ちすぎる。お互い車で行って落ち合う方が安全だろう。

川島の方が先に着いていた。車から降りてきた川島は多少当惑しているようだ。

「本当にここ？」

亜紀子が指定した場所は貴志の入院している病院の駐車場だった。ここは救急外来もあるから二十四時間車の出入りがあり、怪しむ者はいない。

「いい場所があるの」

亜紀子は先に歩き始めた。

消灯時刻の過ぎた病棟は静まり返っている。廊下の照明も少し暗めになっているのが外から見てわかる。

駐車場から病棟に向かう屋根のついた歩道があり、その途中に藤棚がある。以前喫煙コーナーとして使われていた場所だ。現在は病棟内の喫煙所以外は禁煙になっていて、ここはほとんど訪れる人はいない。季節のいい時季に若い看護師グループが弁当を開いたりするぐらいのものである。ましてや夜間ともなると誰も来ないし、藤棚のせいで周囲の照明からも遮られて暗い。

そして何よりここからは三階の貴志の病室の窓が見えた。

いつも貴志の見舞いに来ては、窓際に立ってこの藤棚を見下ろしている亜紀子なのだ。

亜紀子は貴志の病室を見上げた。まだ起きているのかテレビから漏れる青白い光がチラチラしている。

亜紀子は川島に抱きついた。欲しかった唇を貪る。川島も待ち焦がれていたようで、いつもより激しく舌を使う。

そうしながら亜紀子は川島のズボンの前に手を伸ばした。硬い。ズボンの中にスリコギでも隠しているかのようだ。

亜紀子はそれを握った手を上下させた後、ズボンのジッパーを下ろした。中に手を差し入れ、肉棒を引き出す。さっとしゃがんでしゃぶり始める。

これが欲しかったのだ。愛おしくてため息が出る。唾液《だえき》が全体にいきわたるほど念入りに舐めながら、手で睾丸を愛撫する。

この愛撫が必要ないほど最初から川島は漲《みなぎ》っていた。

亜紀子は立ち上がり、川島に背を向けた。

今夜の亜紀子は慌しく出てきたものの、目的にかなう服装を選んでいた。黒いセーターにモスグリーンを基調としたフレアスカート。闇に溶け込む色合いだ。

「もうローション塗ってあるから」

「肛門か？」

「そう。お尻に入れて」

華道教室が終わる時刻は川島の女房の真由美もわかっているから、あまり時間に余裕はないのだ。早く終わらせる必要がある。

亜紀子はフレアスカートを捲《まく》り上げてから、藤棚を支える鉄柱につかまった。

「お」

夜目にもはっきりわかる真っ白な尻を見せられ、川島は感嘆の声を漏らした。躊躇することなくその尻を抱え込み、肉棒の先端をすぼまった尻穴に当てる。

いつもと違い、亜紀子のアヌスは川島の指でほぐされていない。そこに一抹の不安があったのだが、思いのほか楽に亀頭が侵入してきた。ローション効果だろう。

しかし、その後の川島の動きには自制心が利いていた。時間がないとはいえ、いきなり大きく激しい動きをしては繊細な粘膜を傷めてしまう。まずは徐々に根元まで挿入していくのだ。

「あー……いい」

亜紀子の脊髄《せきずい》を快感の波が駆け上っていく。その感に堪えた声は川島の情欲の炎にさらに油を注ぐ。

「今の声だけでイキそうだったよ」

根元まで入れて一息ついた川島が囁く。

「ああ、いいわ。気持ちいいの。ね、動いて」

自分が開発した尻の穴でよがる女は特別な存在だろう。亜紀子の要求にすべて応える義務を背負っているかのように、川島はすぐに大きく動き始めた。

控えめに喘《あえ》ぐ声と、亜紀子の握った鉄柱の衝撃がどこかに伝わって、軽く物が触れ合うカンカンという音がしばらく続いた。

「ね、早くイッて」

亜紀子がよがりながら言う。

いいのだ。直腸にあの巨根が与える刺激が狂いそうにいい。このままずっと味わいたいが、時間のことがある。それで心ならずも川島にフィニッシュを急《せ》かしたのだ。

「うん。もう少し」

川島も感じているようだが、この状況が射精に至る道を険しくしているのかもしれない。

亜紀子は自らの尻を前後に動かし始めた。より強い刺激を、自らの肛門の粘膜から川島の肉棒に与えようというのである。

その動きは亜紀子自身にも甘美な刺激として返ってきた。もっと早くから求めていればいい。尻の穴のセックスがこんなに良いものだと知っていれば、もっと早くから求めていたものを。

よがりながら首を反らし、貴志のいる窓を見て亜紀子は思った。

(あなた知ってる？　アッコのお尻はとても気持ちいいのよ。あなたの「アッコちゃん」は肛門にチンポをハメてもらってよがり狂う淫乱な変態になったの。どんな場所でもこうしてお尻を開くのよ。すごいでしょう？)

貴志には同情していたはずなのに、最近のすねたような態度にこうした残酷な気持ちがこみ上げてきたものらしい。

貴志に見せつけるように、亜紀子は淫らに動き続けた。

「あ……イク……イクよ、アッコ」

「来て。思い切り。たくさんちょうだい」

「……あ……イ……ク……」

「あああ……いい」

最後にズンと突き上げて川島が動きを止めると、亜紀子の全身を快感の震えが覆った。足の裏まで痺れる。

「ホウ……」

しばらく体を硬直させていた川島は、その間呼吸も止まっていたようだ。大きく息を吐き、ついで深呼吸すると、すっと腰を引いて亜紀子の中から抜け落ちていった。

「ああん」

抜けた肉棒を惜しむような甘えた声を発して、亜紀子も体を起こした。フレアスカートが闇に妖しくうごめいていた下半身を隠す。

二人はもつれ合うようにして歩き、それぞれの車に戻ると帰宅の途についた。

自宅に着いて佳蓮の部屋を覗いたが、あれから起きた気配はない。亜紀子は母親の気持ちに戻って安堵した。

少し時間を置いて再びメールを交わす。

〈さっきトイレであなたの精液を出したわ。たくさん出た〉

〈そうだろう。搾り取られた。アッコのお尻は最高！　明後日の日曜、藪田先生のマンションで昼間から打ち合わせよろしく〉

そうだった。日曜日にはまた藪田のマンションでのプレイがあるのだ。

男女とはいえ、ＰＴＡの役員が教頭先生の自宅を訪れるのだ。何も不自然な話ではない。

（ＰＴＡ役員引き受けてよかった）

それによってここまで亜紀子の人生は充実してきたのだ。

本心である。

第五章　他の女に入れたわね

翌日の土曜日は佳蓮を連れて貴志の見舞いである。

さすがに愛娘《まなむすめ》の来訪には多少血色をよくして見せる貴志だった。

「パパ、ゆうべはよく眠れた？」

昨夜の残酷な気分が甦り、窓辺で藤棚を見下ろしながら亜紀子はそんなことを尋ねた。

「ふつうだよ。十二時前には眠ったかな」

（つまり、あそこで私がアナルセックスしているときには起きてたのね）

直線距離にすると三十メートルもないのではなかろうか。そんな間近で妻が他の男に肛門を掘られていたことを、貴志が知ったらどうなるだろう。

その日、貴志と交わした会話はそれだけだった。あとは佳蓮にパパを独り占めさせたのだ。

土曜日の一般診療は午前中だけの受付で、エレベーターで一階に下りるといつもの喧騒《けんそう》は嘘のように静かだった。

「杉原さん」

突然後ろから呼び止められた。

「小野先生」

昨日、貴志とも川島とも話題にした人物の出現にドキリとした。

小野医師を見ると、あらためて貴志の本来の若さを思い出す。貴志と同年齢の小野医師は潑剌《はつらつ》として、人命に関わる職業人としての使命感が表に出ている。

「いつもお世話になります」

「あ、もうお見舞いすまされましたか」

「ええ、娘が土日でないと来られないものですから」

あらためて小野医師は佳蓮と挨拶を交わした。子供に接する姿もさわやかだ。

「そうだ。奥さん、昨夜もお見舞いに来られてましたか？」

亜紀子の血流が止まる。

「え？　いえ」

「そうですか。私、昨夜宿直だったんですけど、駐車場で杉原さんの車を見たような気がしたものですから」

見たのはそれだけ？

尋ねたい気持ちをグッと抑える。

どういうつもりだろう？　カマをかけたつもりだろうか？

「それではまた」

これもまたさわやかに挨拶してその場を離れる。

歩きながら亜紀子は振り向きたい衝動にかられた。あのさわやかな医師が、親切で優しい「小野先生」が、自分の体を欲情にかられた視線で舐め回しているかもしれない。だが、振り返れば、そんな視線を隠してしまうだろう。

見たいなら見せてあげる。見なさい私のお尻を。極上なんだから。一度味わったら、二度と離したくないってよ。

亜紀子は尻に意識を集中させたまま正面玄関を出た。


日曜日は佳蓮と昼食を済ませた後、別行動になった。佳蓮は自室で近所の同級生と遊ぶ予定だという。

「おやつはマキちゃんとモモちゃんの分も用意してあるからね。みんなで仲良く食べてよ」

「わかってるって」

最近は母親と遊ぶより友だちと過ごす方が楽しいらしい。寂しい気もするが、それが子供の成長ということであり、また今の亜紀子にとっては都合のいいことではあった。

藪田教頭のマンションには先に川島が到着していた。

「どうですか？　これからはホテルなんか使わずにここを使ってくださいよ。私がいないときでも構いませんから」

藪田はビデオカメラをセットしながらそんな提案をした。

「そうですね。ホテル代のこともあるから助かるかな」

川島は満更でもないようだ。

「杉原さんはどうですか？」

藪田は亜紀子にも確かめた。

「そうですね」

どうとも受け取れる曖昧《あいまい》な返事をした亜紀子だが、

（私は場所なんかどこでもいいの）

と心の中で嘯くように思った。

欲しいのはこの男なのだ。

すでに全裸になっている川島に視線を送る。

亜紀子もすぐに全裸になり、二人用のソファで川島に絡む。

今日はビデオカメラが目の前の大型テレビに接続されている。

股を大きく開かされてカメラに向ける。大きなテレビ画面にクローズアップで映っている無毛のそこはすでに潤いが溢れんばかりだ。亜紀子は自分自身を見ながら興奮していた。

「いつ見てもきれいですねえ。ほらこのビラビラが大きくて黒くなっている女が多いのに、本当にピンクですよ。貝みたいだ」

藪田は慣れてきたのか、プロのカメラマンばりに被写体の気分を乗せようとしているようだ。

いつものように、川島は亜紀子の「貝」が潮を吹くまで責め続けた。そのためにソファには大きめのバスタオルが敷いてある周到さだ。

「いいですよ、奥さん。思い切り吹いてください」

藪田にそう煽られたからでもないが、亜紀子はいつになく激しく噴水のように潮を噴き上げた。

「おうおう」

男二人は大喜びだ。

その後、ソファに浅く座って身を沈めた川島の上に亜紀子はまたがった。

「いやあ、奥さんの騎乗位は絵になるなあ」

逆ハート型にせり出した亜紀子の尻が踊り、大ぶりの乳房がゆさゆさと揺れるのを藪田は絶賛した。

「どんなアダルトビデオにも負けませんよ」

続いて後背位になり、激しく突かれながらアヌスにも指を入れられると、

「あ、ああ、ダメ……またイク」

珍しいことに亜紀子はここで失禁した。

これはかなりの迫力だったらしく、それまで饒舌だった藪田も、

「……すごい」

と言ったきり息を呑《の》んでいた。

ペースを上げ過ぎて、亜紀子がぐったりしてしまったので、一度休憩することになった。

ビールを飲み、軽食をとる。

「そうだ、昨日の葉山先生のビデオ観ましょうか」

場を持たせようと思ったのか、藪田がそう言うのを川島が押し留めるようにした。

「どうして？　観ましょうよ。私観たいわ」

亜紀子がそう言うのに、今度は藪田まで居心地わるそうにもじもじしている。

「どうして？　観ましょうよ。だって観せてくれる約束でしょう？」

さらに亜紀子が言うと、

「じゃ、観ますか」

と藪田が腰を上げ、川島が仕方ないとでも言うようにしぶしぶうなずいている。

大型テレビに昨日のビデオが再生される。

映っているのは、今亜紀子が座っているソファである。ビニールが敷き詰められているのは、この前藪田が言っていたように浣腸プレイを実践したからだろうか。

紅いロープで後手に縛られた葉山理香子が現れる。

藪田との不思議な関係が再現されている。

縛られたままの理香子が、

『ほら、もっと舐めなよ』

と藪田に命ずるのだ。

『へたくそ、もっとそこ……ああ……いい』

理香子は思い切り股間を開いて、藪田の奉仕を受けている。時々、理香子の股間がアップになるが、小ぶりで上品な性器は色合いもいい。肛門もいい形で痔《じ》の形跡もない。

そこから画面がワイドに戻ると、藪田がそのきれいな股間にむしゃぶりついていく。

『藪田……お前は犬みたいだ。舐め犬。ああ……いい……舐め犬いいよ』

この娘はもともと気丈なのだと思う。気が強くて、親も持て余したのではなかろうか。この姿が葉山理香子の本性なのだ。今の教育者としての体裁は作り上げたものだろう。

さんざん舐められた後で、理香子はそのまましばらくソファに放置された。

肌によく映える紅いロープで後手に縛られ、カメラに向かって大きく開脚した状態でソファに仰向けにされている。藪田が舐め終わって去る前にロープを延ばして両足もこの開脚状態で縛ったのだ。画面の中央に性器と肛門があり、その上にこちらを睨《にら》む理香子の顔がある。この状態で強気の表情でいられるのが不思議だ。しかし、理香子は見た者の十人が十人、確実に認める美人には違いない。

『早くしなよ、藪田。浣腸したいんだろう？』

これはどちらがSでどちらがMなのだろう？　亜紀子はSMと呼ばれる倒錯愛の世界が、単純なものでないことだけは理解した。

画面に藪田が再び現れた。手にしているのは見たこともない大きな注射器型の浣腸器だ。

「これは獣医が使う奴ですよ。二リットル入ります」

藪田が得意げに解説する。なるほど、牛や馬用ならこの大きさも納得だ。中の液体は白い。ミルクだろうか。

『ほら、早くしろよ』

理香子に急かされるようにして、藪田は理香子の美しい肛門に浣腸器の先端を挿入する。そしてシリンダーを重そうに押し始めた。

『ああ』

さすがの理香子も胸をのけぞらせて、液体の侵入に耐えている。

『ほら、半分入った……もう少しだから』

藪田が励ますように言うのに対して、

『うるさい！』

と理香子は取りつく島もない。

『全部入ったよ。栓するね』

注入を終え浣腸器を引き抜くと、代わりに藪田はアナルストッパーを理香子の肛門にセットした。

『どう？　苦しい』

『平気だよ』

あくまで強気の姿勢を見せる理香子に、亜紀子は気品のようなものまで感じ始めた。この姿だけ見れば惨めな性奴隷に見えるのに、この雰囲気は不思議だ。

（素敵）

亜紀子は娘の担任の葉山理香子を見直した。

画面の中の理香子は時間が経《た》つにつれ、頭をグルグル回したりして、落ち着かなくなってきた。便意をこらえるのに意識を集中しているのだろう。

『もうダメそうかな？』

藪田が遠慮がちに尋ねると、

『うるさい！　藪田、お前黙ってろよ』

理香子が八つ当たり気味に怒鳴りつける。

だが、見るからにもうダメそうである、限界だろう。アヌスがヒクヒクと痙攣している。

『あ……もう……あ……あ……』

こんなサスペンスを見るのは久しぶりだ。これは鑑賞に値する。

『あ……あ……キャー』

意外なことに最後は悲鳴になった。

アナルストッパーが飛び出した。続いて、ものすごい勢いの白い液体が噴出していく。

そこからカメラは手持ち撮影になり様々な角度からこのショーを記録していく。

『もう……いやだー』

理香子は涙を流していた。どういう心理だろう。あの強気の態度からこの涙。なぜか愛おしくなってくる。頭を撫でてやりたい。

白い液体の勢いは次第に弱くなり、時折理香子の腹筋に力が入るのが見えると、シュー、と勢いを取り戻したりした。

『藪田』

理香子に呼ばれた藪田が肛門に口をつけると、

『ムン』

と理香子がいきみ、直腸からミルクが藪田の口中に放出されていく。

『藪田、オシッコ』

今度は尿道口を口で覆う藪田は、ゴクゴクと喉を鳴らして理香子の尿を飲み干している。

「？」

ここで亜紀子は気づいた。もう一人いる。理香子と藪田以外にこの様子を撮影している人物がいるのだ。

亜紀子は川島を見た。

「これ撮影してるの？」

川島は悪びれずに、

「ほら、われわれも藪田先生に撮影してもらってるからお返しだよ」

と言った。

それはそうかもしれない、と一旦納得しかかった亜紀子だが、

「だったら、言ってくれればいいのに」

と抗議した。

「うん、アッコが心配するんじゃないかと思ってさ」

「心配すると思ったんだ」

「うん」

「じゃあ、なおさら教えてくれなきゃ。でしょう？」

「うん。ごめん」

やっと川島は素直に謝った。

画面は浣腸の後始末を終えて、ビニールを取り去ったソファが映り、藪田が現れて座った。

理香子はまだ縛られていて、藪田の前にひざまずくと顔を肉棒に寄せて口に含んだ。浣腸プレイで一仕事終えて、藪田はリラックスしている。フェラを続ける理香子の頭を撫でながら満足げだ。

『あ、いた』

藪田が飛び上がりそうになった後、

『歯を立てないでよ。びっくりするから』

と笑顔で理香子に抗議している。

この角度だとよく見えないが、理香子も笑っているようだ。

しばらくねっとりとしたフェラが続く。藪田も気持ちよさげに目をつぶり、ため息を吐いている。

やがて理香子が藪田の股間から顔を上げると、完全に勃起した肉棒が現れた。

『どうするの？　入れたいの？』

また高慢な理香子が顔を出した。

『うん、入れたい。入れさせてよ』

藪田の返事は切羽詰ったものではない。この会話自体を楽しもうという余裕が感じられる。

『どっしようかなあ』

まだ縛られている理香子も楽しそうだ。

無言で理香子が立ち上がり、藪田にまたがった。

手の使えない理香子の代わりに藪田が自分の肉棒を握り、狙いを定めてやるとゆっくり腰を下ろす理香子。肉棒が小ぶりの理香子の性器に飲み込まれていく。

『どう？　いいの？』
騎乗位で見下ろした理香子が言うと、
『気持ちいいよ』
と藪田が答え、
『理香ちゃんはどう？　気持ちいい？』
と尋ねると、
『いいわけないじゃん。こんな粗チン』
期待通りの答えが返ってくる。
これがこの二人の世界なのだ。
『気持ちよくしてよ。チンポ使って』
理香子に言われて、藪田が下から突き上げ始めた。
理香子は上半身を藪田の上に倒し、それを抱いた藪田が腰を使うのだ。
画面から二人の顔が見えなくなり、性器だけが営みを見せる図だ。
息を切らしながら藪田が、
『どう？　いい？』
と聞くのを、

『いいわけないじゃん』

と応ずる理香子なのだが、その実、声は上ずっていて感じ始めているのがわかる。性器も潤っていて白い本気汁が結合部分に見える。

そのときもう一人の影が画面に現れた。

「え？」

川島だ。

これまでの映像を撮り続けていた川島の巨根は完全に天井を向いている。それを片手で上から押さえつけるようにしながら、理香子に迫る川島。狙いは一つしかない。理香子のアヌスだ。

下から突き上げていた藪田の動きが止まった。理香子の尻に回された藪田の手が尻肉を割り開く。

これは男二人の共同作戦なのだ。

『何？　え？』

困惑しているのは理香子だけだ。

『あ、あ、いや、あー』

理香子の愛らしい肛門を犯す川島の動きを、理香子の悲鳴が彩る。

サンドイッチファックというのは、アナルを覚えてから川島に解説されたことがある。

これか。

何と残酷な光景だろう。二つの穴を同時に犯され、

『いやあ、あ……あ……やめて』

泣き出さんばかりに理香子が抵抗している。

特に肛門には川島の巨根が無理矢理押し込められたのだ。普通サイズの藪田の肉棒に慣れた身にはきつかろう。

しかし、川島は容赦なく腰を使い続ける。下になって膣に収まっている藪田は動くのを自粛しているらしい。

『あ……アン……ウウ……』

次第に理香子の声が快感の混ざったものに変化していった。

「これはどういうこと！」

亜紀子は我に返って川島を罵倒した。あまりの展開に画面に見入ってしまったのだ。

「他の女に入れたわね」

怒りはいきなり沸点に達していた。川島の肉棒をつかんで問い詰める。

「痛い、痛いよ、アッコ」

あまりに強く握ったものだから、川島が悲鳴を上げるが笑い事ではない。

(これは私のものよ)

亜紀子にはそれしかない。この川島の肉棒は他の誰にも渡さないのだ。

「奥さん、ま、ま、奥さん、これは私がお願いしたことですから」

藪田がとりなす、

「そうだよ。俺も頼まれて仕方なく……」

「何が仕方なくよ！」

悔しさのあまり亜紀子は涙を流していた。一昨日の甘いメール交換も、今となっては騙《だま》された気分だ。

「まあ、落ち着いてくれよ」

「私は落ち着いてるわよ」

「だからさ、藪田先生が葉山先生にサンドイッチファックを体験させたいって言うんで」

川島はとんでもない言い訳を始めたと思ったら、当の藪田も、

「そうなんですよ。あれは実は彼女の希望なんです。彼女が以前から二本一度に入れてみたいと言ってましてね。でも、滅多な人にはお願いできないじゃないですか。それで、秘密を持ち合っている川島さんにお願いしたわけです」

と真剣に言う。

（何を考えてるの、この人たち）

とは思ったが、川島が欲情して暴走したわけでないなら、許せそうな気もしてきた。

画面の中では事が終わったらしく、紅いロープもとられた理香子が胎児の形になって藪田に抱かれている。

藪田の胸に額をつけて、傷ついた心の癒《いや》しを求めているような理香子の姿。これもまた彼女の素顔なのか。

丸まったポーズの尻から精液が流れ出している。

ここで川島が理香子を抱いていたら、さらに逆鱗《げきりん》に触れたところだが、画面で見る限り、川島は部外者の所在無さでウロウロしているだけのようだ。

「何よ、あなたたち、葉山先生に可哀そうなことして」

今度は理香子に同情してしまう亜紀子に、

「違うって、彼女も良かったって言ってたもの」

「嘘おっしゃい」

「ほんと。やってる最中も、いいって言ってたもの」

どこまでも反省のない川島が腹立たしいが、藪田も、

「そうですよ。彼女、川島さんのチンポは太くて気持ちいいって言ってました」

とフォローする。

「結局浮気じゃないの！」

再び怒りがこみ上げてきて、肉棒を握りしめると、

「痛い。ごめん。本当に浮気じゃない。ちょっと藪田さんたちに協力しただけ。そうだ、アッコにも藪田さんの希望を叶えてやってほしいんだ」

まだ腹の虫が収まりきれない亜紀子に、川島が言った。

「私はあなたのチンポ以外入れるのはいや」

先ほどのサンドイッチファックの光景が頭に浮かんで、それだけまず釘を刺した。

「いやいやそうじゃなくて」

川島が藪田に目を向けると、

「そう、奥さんにお願いしたいのはそんなことじゃないです」

と話を引き取って、

「奥さんのオシッコをどうしても飲みたいんです」

と真剣な目をして藪田は言った。

話の流れで妙なことになった。

ビデオ鑑賞中にビールを飲んだので尿意の方はほどほどで問題ない。

三人で風呂場に向かう。

「いや、杉原さんを入学式で拝見してからずっと、『あの奥さんのオシッコを飲みたい』と思い続けてきたんです。夢が叶います」

夢が叶うと言われては悪い気はしないが、一ヶ月前に聞かされたら、悲鳴を上げていただろう。

オシッコを飲む？

ありえない話だと思っていた。

それが奇妙ないきさつからこうして、全裸で男をまたいで立っている。

（人生、何が起こるかわからないわね）

そんなことをぼんやり考えていると、

「ではお願いします」

自分の股の間から藪田の声が聞こえてきた。

（この人、教頭先生よ）

ビデオカメラを構えた川島が、

「いつでもいいよ」

と声をかけてくる。

ここに至っては仕方ない。腹をくくって腰を下ろす、藪田の口の真上に股間を据えた。

「舐めないでよ」

それを許す気はない。

精神を集中させて、尿意が高まるの待つ。川島にジムの駐車場で放尿を見せたときよりも緊張する。

「……出るわ」

一つ壁がある。サイドブレーキがかかっている感じだ。それがはずれた。

「お、出た」

カメラを構えた川島にも確認できたらしい。チョロチョロと流れ出した尿は一旦出始めると、シューッと勢いよく藪田の口中に流れ込み始めた。

壁を越えた後は楽だ。どこにも力を入れる必要はない。

「ビールが効いたみたい」

思った以上に量が多い。

ビデオの中では理香子が、

『こぼすんじゃないよ』

と要求していたが、亜紀子は逆に、

「藪田さん、無理しないでよ」

思わず声をかけてしまった。

それでも藪田は懸命に飲み干そうとしている。

「終わりよ」

そう宣言して立ち上がり、

「舐めてよ」

川島に後始末を要求する。

川島は素直に風呂場に入ってきて、片足を湯船の縁に上げて立つ亜紀子の前にしゃがみ、股間に吸いついた。

女王様風に命じたつもりでも、舐められ始めると感じてきて、グズグズにされた亜紀子は、そのまま立ちバックで交わり、いつもどおり直腸に射精を受けて、この痴話げんかはおしまいとなった。

第六章　小野医師にスジマンを……

月曜は翌日の芸術鑑賞会の準備で学校に行った。

準備といっても、例の舞台袖の片づけだけである。

葉山先生の態度が違っている。

気の利かないお嬢様だと思っていたが、職員室で亜紀子の姿を認めた瞬間からえらく気を使ってくれる。

体育館用の鍵束を藪田教頭先生からこの日も受け取ったのだが、こちらの方は昨日と打って変わって威厳を見せている。

(昨日、私の『聖水』を飲んだくせに)

とおかしくなる。

葉山先生の方は、

(一昨日、チンポ二本同時に入れられて可哀そうに)

などとは思っていないのに、

「すみません。いつもご足労いただきまして。明日の準備ですよね。お手伝いいたします」

いつにない丁寧な対応で、こちらが驚いてしまった。

体育館での作業中も、亜紀子が言う前にさっと動いて、予定より大幅に早く作業は終了してしまった。

「葉山先生、お忙しいのにありがとうございました。おかげできれいになりました」

「いえ、お役に立ててよかったです」

どこまでも腰が低い。

二人きりで妙に時間が余ってしまい、何となく個人的な話をしてしまう。

「葉山先生のご家庭は教育者一家でいらっしゃるそうですね」

「はい。祖父は聖ドミンゴ音楽大学の学長でして」

「学長？　それはまた立派なお祖父《じい》様ですね」

「いえ、そんなことないんですけど。父はそこの付属高校の教頭で、母は音大の方のピアノ講師です」

「まあ、それで先生もピアノがお上手なんですね」

「いえ、私は不肖の娘でして、あまり出来の良い方ではありません」

「じゃあ、いずれ聖ドミンゴの方に教師として移られるのですか？」

「いえ、先ほども申し上げたように私は不肖の娘なので、それで頑張って公立の教員を目指したんです。姉の方が父の下で音楽教師をしています」

身の上話をしている間、理香子は寂しげだった。内容はそんなに悪くなく、むしろ世間に自慢できるような一族の話なのにだ。

亜紀子の中にピンと来るものがあった。キーワードは「教頭」である。

「葉山先生はお父様がお好きなのね」

「え？」

「大好きなんでしょう？」

不意を衝かれて、理香子は動揺しているようだ。

「そんなこともないと思うんですけど」

理香子はようやくそう答えた。

しかし、それは真実ではないだろう。

大好きな父親に十分に甘えられなかった幼少時代。優秀な姉の方ばかり父の関心が集中して寂しい思いをしていたのだろう。どれだけ父親に自分の方を向いて欲しかったことだろう。

つまり藪田教頭は愛人であると同時に父親代わりなのだ。そう考えると、あの奇妙なＳＭ

関係が説明できる。愛人藪田を罵倒するのも甘えているのだ。罵倒しながら肉体的結びつきを求めていく、あの姿。まるで憎くても離れられない肉親との関係のようだ。

（そうか！）

亜紀子は同時に、今日の葉山先生の豹変ぶりの理由がわかった。

思い切りわがままが言えて甘えられる藪田を理香子は自分が支配しているつもりでいる。

何しろ、

「こぼすんじゃないよ」

と命じてオシッコを飲ませる相手だ。

ところがＰＴＡ役員の川島は一昨日、自分から望んだこととは言いながら、巨根で思い切り肛門を犯され、生で射精され、支配されてしまった相手だ。

その愛人である亜紀子は理香子を支配する側の人間なのだ。

ということは、理香子は川島と亜紀子の関係を知り、ビデオも観ているのだろう。亜紀子が理香子のビデオを観ていることも知っている可能性が高い。

どこまで自分の予想が当たっているかわからないが、亜紀子は理香子に言ってみた。

「葉山先生、とてもおきれいですね」

理香子の頬がさっとピンクに染まる。どうやら九分九厘亜紀子の予想は当たっているようだ。

今理香子の頭には亜紀子と同じ画《え》が浮かんでいるに違いない。

全裸を紅いロープで縛られ、浣腸されている理香子の姿である。


無事芸術鑑賞会も終わり、秋の運動会と合わせて二学期の大きな行事は片づいた。ＰＴＡとしては一息ついた形だ。

おかげで亜紀子は娘の担任ともうまくいっている。

　おかげというのは、川島との不倫関係のおかげということである。

　川島とは三日に上げず交わっている。場所はどこでもいいし、時間は短ければ短いなりに楽しめる。メール交換にいたっては毎日欠かさず行う。

　そんな充実した毎日を送っていたが、問題が発生した。

藪田教頭先生が入院したのである。肺がんかもしれないということだった。

週二回ほど藪田のマンションを利用していたので、この情報は本人から早いタイミングで受け取っていた。

入院先は貴志が入院している病院である。担当も小野医師だということで、

「あの先生ならよくしてくださいますよ」

と亜紀子は励ましたものだ。

入院期間がどの程度になるか未定で、教頭職も後任が来るという話はまだない。

葉山先生が落ち込んでいる。

藪田が入院してわかったことがある。藪田の家族は見舞いにも来ない。家族との関係も絶たれた孤独な男なのである。

葉山理香子の家庭でのポジションも似ている。孤独な二人が寄り添っていたというのが、あのSM関係の実態だったのである。

葉山先生は世間の目を気にせず、毎日見舞いに通っているという。

感動的な話である。

世間体を気にした見せかけの家族ではなく、精液と浣腸液と「聖水」にまみれた愛人関係の方が純粋な場合もあるのだ。

亜紀子の場合は、貴志を夫として尊敬もしていなければ、男としても魅力も感じていないが、その分家族の義務はきっちり果たそうと尽くしている。それに佳蓮の父親であることは一生変わりないのだ。

川島が妻の真由美をどう思っているかはわからない。だが、彼女はいい人なのだが、どこか女を捨てている雰囲気があった。女として川島が愛するかといえばもう無理なのではなかろうか。

藪田の好意で、マンションは使わせてもらえることになっていた。家主の留守に使うのは甚だ不本意なのだが、藪田も、

「使わないと部屋は荒れますから、それにたまに掃除機だけかけていただければ」

と言ってくれた。

理香子もいるだろうに、と思うのだが、

「彼女は忙しいですから」

ということだった。

そうなると逆に遠慮なくこのところほとんど毎日逢瀬が続いている。ときに一日に二度会って交わることもある。それでも川島の精力は衰えることなく、亜紀子の要求に応えてくれた。

ある日、そんなマンションでの逢瀬の後で、「ちょっと、藪田先生から頼まれたことがあるんだけどね」

川島が切り出してきた。

「なーに？」

もうここを使わないでくれとでもいうのだろうか。

「ちょっと頼みにくいことなんだけど」

「え？　私に頼みなの？」

「そうなんだよ」

たいていのことなら葉山理香子に頼むはずである。

川島は言いよどんでいたが、

「いや、藪田さんも少し弱気になっていてね。このまま死ぬんじゃないかと不安がってるんだ。それで、死ぬ前にもう一度、アッコのスジマンを見たいんだそうだ」

「え？」

初めて体育館の放送室で披露したとき、亜紀子のそこを見て藪田が喜んだことは覚えている。それからビデオで撮影するたびに亜紀子のそこを褒めてくれていた藪田だ。

しかし、どうしろと言うのだろう。

「それでだね。明日、下着をつけずに病院に行ってもらえるだろうか？」

そういうことだったのか。ノーパンで藪田の病室に入り、スカートを捲ってスジマンを披露しろということらしい。

「わかったわ」

「やってくれる?」

「うん。藪田さんにはお世話になっているんだし、これまでのことを考えたらそんなに難しい話じゃないわよ」

何しろ、顔にまたがってオシッコを飲ませた相手だ。そこを見せるぐらいは何でもない。

翌日、川島から言われたとおり、ノーパンにスカートをはいて病院に向かった。スカートは川島が指定したモスグリーンを基調にしたフレアスカートである。病院の藤棚でのセックスの印象があるらしい。きれいな模様の入ったおしゃれなスカートで亜紀子も気に入っている。

病院ではまず貴志の病室に顔を出した。それが自然というものだろう。

小野医師が亜紀子を狙っていると言い出して以来、貴志の中から一つの輝きが失われている。

もともとジェラシーなどという感情からは無縁なタイプのさっぱりした青年だったのに、すねた感じが彼のオーラを薄汚くしているのだ。

「寒くなってきたわね。夜冷えることない?」

「うん」

話題が減ったのも仕方のないことかもしれない。この病室だけで過ごす時間が長いのだ。

亜紀子の方でも話題に困る。おいしい食べ物の話題はタブーだ。この先貴志がそれを食する機会はないだろう。何しろ食事制限だらけの病気なのだ。

佳蓮の話題は本人から聞いた方が楽しいし正確に違いない。

かといってテレビ番組の話題も退屈だ。貴志にとっては読書とテレビだけの毎日である。この上見舞いにきた妻とテレビの話でもあるまい。

しかし、共通の話題がない一番の理由は、亜紀子が今一番興味のあることの話をできないことにある。

亜紀子が今一番興味あること。

川島とのセックスである。

「こんにちは」

藪田の病室は四階で、貴志の部屋の真上だった。個室はすべての階で同じ位置になるのだ。

「あ、どうも」

ベッドの上の藪田は一気に老け込んで見えた。死を予感しているのは本人の思い過ごしとは言い切れそうにない。

「どうですか？」

「ええ、まあ、ゆっくりしています」

「葉山先生は毎日いらしてるんでしょう？」

「はい。あんまり無理せんでくれと言ってるんですがね」

学校ではそろそろ二人の関係を揶揄《やゆ》する声も聞こえ始めているようだ。亜紀子はそれに対して、

「葉山先生の父親に対するような思い」

と弁護するつもりだが、それはまるっきり嘘でもないと思う。確かに二人の間にそういう愛情が流れているのだ。

「今日はまた奥さん、おしゃれですね。いい色合いのスカートだ」

このベテラン教師はセンスの悪い人ではない。教師らしく地味目の服装が多かったが、美術や音楽にも造詣が深く、見る目はあるのだ。

「奥さん、失礼ですけど、男性の目を集めると言われるでしょう？」

それを言われたのはあなたのことが最初だと言いたいが、素直に、

「はい」

と答えた。

「私もそんな目で見てました」

　正直な告白だ。

「でも、奥さんは誤解されがちだと思いますよ」

「どういうことですか？」

「それはね。男性から誘っていると思われたり、女性からは、奥さんが男の目を意識していると思われがちだということです。不本意かもしれませんが」

「どうしてそうなるんでしょう？」

　藪田は大きくうなずいて自説を語り始めた。

「私も誤解していた口ですがね。奥さんは実に魅力的なスタイルをしてらっしゃる。特にそのお尻ですよ。日本の女性には珍しい見事な形だ。オッパイもそうです。日本の女性では珍しい」

「曾祖母がロシア人らしいんです」

「そうか、血筋ですね。で、そういうスカートやジーンズでもいい。あなたがお似合いになる服装を選ぶと、まるでそのお尻を強調しているように見えるのです。ただ、体の線が見えただけで男を誘う服装になるのですよ。いわば、他の女性がいろいろ努力して苦労してやっと手に入れるものをあなたは最初から持ち合わせている。だからあなたにすればただ自分のサイズにあった服を着ただけで、男の目を惹《ひ》くために努力しているように見えるわけです」

「それって損なんでしょうか？」

「どうでしょう。今は得してるんじゃないですか？」

言われてみればそうかもしれない。学生のころにはいわれのない中傷をされたこともある。自分では大きなお尻を気にしていたのに、

「あの子、遊んでるってね」

などと噂されたりした。今思えばあほらしい。あの人たちは、男遊びをすればお尻が大きくなると本気で思っていたんだろうか。

大学に入ったばかりのころにも、サークルの先輩から、

「男子学生を誘惑するような態度は慎むように」

と説教されて困惑した。

それも今となっては理由がはっきりした。知らずに爆弾をばら撒いていたわけで周囲に迷惑をかけていたということだ。

しかし、今は違う。男の目を惹くことが悪いことでないのはわかっているし、それに対処する方法もわかっている。

「今日は川島さんとご一緒ではないんですか？」

藪田がドアの方を見て言った。

「いえ、今日は一人です。今主人の病室に寄ってきたところで。この真下が主人の部屋なんです」

「ほう」

「そうだ」

あることを思い出して、亜紀子はベッドの反対側に回り込んで窓辺に行った。

「藪田先生、ここから藤棚が見えるでしょう？　ほら、あそこ」

「ああ、はい」

「私と川島さんは、あの藤棚で夜の十時ころにアナルセックスしたんですよ。主人の病室の窓を見ながら」

「それは素晴らしい」

藪田の目に生気が甦った。エロは人間の生きる気力の源にあるのだ。

「川島さんから聞いています。私のスジマンをご覧になりたいんでしょう？」

「ええ」

「ほら、ご覧になって」

亜紀子はベッドに近づいてスカートの前を上げた。

「おお」

感動のあまり藪田は言葉を失ったようだ。

亜紀子は出かける前に念入りに剃毛していた。無精ひげのような陰毛があってはせっかくのスジマンが台無しだろう。

「川島さんはね、奥さんに本気で惚れてますよ。本気で愛しています。一番最初に私は約束させられました。『見るだけ。触ってはダメ』とね。あの人はあなたを独占したいんですよ。私には理香子もいますし、約束は守るといいました。ですから、聖水を飲ませていただいて嬉しかったですよ」

藪田は亜紀子の股間に目をやったままうわ言のように話し続けた。

「いやあ、本当にきれいなスジマンだ。この線になっているのが素晴らしいんです。中から陰唇がはみ出たりするのはペケです」

亜紀子はもう少しで、

「触っていいですよ」

と言い出しそうだった。死を前にした最後の願いを叶えたかったのだ。だが、それだとこれまで頑張って川島との約束を守ってきた藪田の努力を、ないがしろにするように思えてあえて黙った。

「奥さん、オッパイも見せてもらえませんか？」

それなら「見るだけ」という川島との約束を守ることになる。

亜紀子はセーターを捲り上げ、ブラジャーをはずして乳房を見せた。

「そうか、ロシアの血かあ。形といい大きさといい日本人じゃありえませんね」

亜紀子は藪田の人生を思った。校長という教員としての最終目標の一歩手前である教頭までに至った努力は、並大抵のことではなかったろう。若い頃には同じ年頃の他の社会人とは別の禁欲的生活も強いられたこともあろう。世間の教師に対する尊敬の念は、厳しい視線と引き換えである。

今こうして死の影に怯《おび》える事態になって、やり残してきたこと、我慢してきたことが脳裏によぎるのではなかろうか。

理香子との一件は、このベテラン教師にとって最後につかみ取った一つの勝利だったかもしれない。

自分の乳房を見せてやることぐらい、安いものである。

「厚かましいお願いですが、お尻も見せてください」

亜紀子は藪田に背中を向けた。ちょうど窓に向かう形で、例の藤棚が見える。晩秋の午後の陽光は優しかった。

スカートの後ろをたくし上げて、尻を晒した。

「おお、見事なお尻だ」

尻の肌に藪田の息を感じたから、彼はベッドで起き上がって亜紀子の尻に顔を近づけているのだろう。

「すみません。アヌスを、お尻の穴を見たいのです」

それも構わない。亜紀子は両手を後ろに回し、尻肉をグッと持って開いた。肛門に風が当たる。

「おお」

藪田が食い入るように見つめているのがわかる。

「……きれいだ……」

と呟き、アヌスの皺《しわ》の一本一本を心に刻んでいるのだろう。

「……杉原さん？」

突然呼ばれて、亜紀子の心は凍りついた。

あわててスカートを下ろしながら振り返ると、

「小野先生……」

どれぐらい前からこの部屋に入ってきていたのかわからない。小野医師は病人に裸の尻を見せている女が誰だか、しばらくわからなかったのだろう。やっと思い当たって呼んだ声だとすれば、言い訳できない時間が経過していたことになる。

「失礼」

小野医師は固い表情のまま病室を出ていった。

「奥さん、すみません。私のせいでとんだことになった」

藪田の責任ではない。

それよりも、小野医師に口止めをお願いしなければ。

亜紀子はフレアスカートの裾がちゃんと下りているか確かめると、病室を出た。


小野医師は仕事に追われている。面会を申し込んでもすぐに順番は来ない。

ようやく診察室ではなく、執務室に通されたときは午後三時近かった。

「先生、お忙しいところすみません」

「ああ、杉原さん」

部屋に入っていくと、デスクに座ってこちらを向いた小野医師と目が合った。いつものさわやかな表情と変わらなかった。それが逆に亜紀子を緊張させた。

「ご用件は？」

「いえ、先生が何か誤解されているのではないかと思いまして」

「誤解？　何のことでしょう？　まあ、おかけになってください」

どこまでこの人はとぼけるつもりだろう。亜紀子は暗澹《あんたん》とした気分になり、勧められたデスクの正面の椅子に座った。

「ですから、藪田さんの病室でのことなんですが……」

「ああ、藪田先生は佳蓮ちゃんの学校の教頭先生だそうですね」

「ええ、そうなんです。藪田先生はかなり重病とうかがいまして」

「あまり患者さんのことを他の方にはお話しできませんけど、確かにしばらく入院されるかもしれませんね」

「ご本人はもう長くないようなことをおっしゃっています」

「それはどうかな……」

小野は天井を見上げて、首を捻った。

「ですから、私は……」

亜紀子が言葉を選んでいるとき、小野は視線を元に戻して亜紀子を見た。

（この人も……）

小野の目はこれまで亜紀子が見てきた涼やかな瞳ではなかった。

(貴志さんの妄想じゃなかった)

亜紀子は小野の目の奥に男の劣情の炎を見た。

「それで……冥土《めいど》の土産にあなたの肛門をお見せになったわけですか？」

小野が「あなたの肛門」と口にしたとき、微かに口元が歪んだようだった。ついに小野は攻勢に出たのだ。

「……そうです」

亜紀子は受けて立った。数か月前までのおとなしい奥様ではないのだ。

はっきりと答えた亜紀子が、小野には意外だったようだ。もっと見苦しく言い逃れすると思ったのだろう。

「ほう。藪田さんがそれを望んだのですか？」

「ええ」

「お尻を見せて欲しいと？」

「いえ、最初は違います」

「というと」

「藪田先生は私のスジマンが見たいとおっしゃいました」

小野はポカンと口を開けた。そして自分の空耳であったのか疑うように、

「……スジマン？」

と小さく確信なさげに呟いた。

「そうです。スジマンです」

今度も亜紀子ははっきり告げた。

「それはええと……」

「毛を剃って筋に見える女の性器のことです」

端的に意味を伝えたつもりだ。小野はここに至って自分の耳が正しかったことを確認したのだろう。

「それを見せて欲しいとおっしゃったわけですね」

「はい」

「奥さん、毛を剃ってるんですか？」

小野の口調が「興味本位で聞くのだが」と開き直っているようだった。

「ええ、特に今日は念入りに剃りました。藪田先生のために」

「ふだんそれは何のために剃っているんですか」

ここで亜紀子は大胆に微笑んだ。

「それは……楽しみのためですわ」

再び、小野の口がポカンと開いた。

「奥さん、これは医師としてではなく、個人としてお聞きするんですが……」

「はい」

「私も拝見できますか？」

「ここで？」

「ここで」

亜紀子は立ち上がった。前に進んで、デスクに腿がつく距離で立つ。

小野はデスクに両肘《りょうひじ》をついて身を乗り出している。

ゆっくりとスカートを引き上げていく。裾が握れるところまで引き上げたところで一気に上に持ち上げた。へそのあたりまで小野の目に晒されたはずである。

「ほお」

小野は自分が声を発したことに驚いたような顔をした。思わず漏れたのだろう。それからじっくりと突き刺すような視線を送ってきた。

医師ならば数多くの性器を見てきたはずだが、それとこれとは違うのだろうか。

「素晴らしい。素晴らしくきれいですね、これは。触ってもいいですか？」

ここに至って小野は率直だった。

「どうぞ」

小野の右手が伸びて、スジマンに触れた。指で開こうとしている。

ピチッという感じで女の扉が開いた。

「濡れてる。奥さん、濡れてますね」

その口調は嬉しそうだ。

「私はこれから仕事があります。今夜はまた宿直です。奥さん、今夜またここにいらっしゃいませんか？」

ここに来れば、何が起こるか想像はつく。

「わかりました。参ります。十時頃でいいですか？」

「はい」

「それではそのときに」

亜紀子は退出しかけて、つけたした。

「小野先生、念のために申し上げますが、このことは、藪田先生のことも含めてご内密に。主人はもちろんですけど、他の誰にも秘密にしてください。先生にも奥様がいらっしゃるんですから、おわかりでしょう？」

小野にとっては渡りに船という話だろう。

「わかってます」

小野の返事を聞いて歩き始めた亜紀子は、もう一度立ち止まり、

「そうそう、先生がこの前私におっしゃいましたよね。夜、この病院に来たんじゃないかって。あのときは何かご覧になったんですか？」

「いや、ＢＭＷですか、杉原さんの車があるな、と思っただけです。違ったんですよね？」

「いえ、間違いありません。私の車です。でも主人の病室には参りませんでした。病棟裏の藤棚のところにいました」

「夜遅くにあんなところで何してたんですか？」

小野は怪訝《けげん》な顔で亜紀子の言葉を待っている。再び亜紀子は微笑んでから言った。

「アナルセックスよ」


佳蓮は寝た。

入浴もすませた。特に念入りに股間を洗った。

川島にはメールで昼間の藪田のことを報告し、もう寝ると伝えた。

初めての浮気の気分だ。本来なら川島とのことが初めての浮気と呼ぶべきだろう。しかし、あのときは自然な流れがあって、自分から行動した自覚はない。

今夜は違う。自分の意思で、小野医師と初めてのセックスをするのだ。

小野に告げてあるとおり午後十時に病院の駐車場に車を入れた。

救急外来の入り口から病棟に入り、そのまま小野の執務室に向かう。

「こんばんは」

小さく挨拶して入ると、部屋の照明は落ちておりスタンドだけ灯《とも》したデスクの向こう側に小野はいた。

じっとこの暗がりで亜紀子を待っていたらしい。立ち上がった小野からは強い生命力が発散してくる。

(やる気まんまんね)

昼間から数時間、亜紀子をどう料理するか考え続けていたに違いない。

「来ていただけましたか」

亜紀子の前に立った小野はそれだけ言うといきなり亜紀子を抱きすくめた。小野は一八〇センチほどの身長があり手足も長い。亜紀子の体は包み込まれる感じだ。

亜紀子の唇は奪われた。

（ああ、いい、このキス）

軽く触れる唇が心地よい。そこから徐々に強く吸われ、亜紀子の方から舌を差し出す。小野の舌が絡む。ねっとりと唾液を混ぜ合わせるように互いの舌が動く。

「奥さん、唾《つば》をください」

オシッコを飲みたがる男がいるのだから、これぐらいは驚かない。奥歯の裏側辺りに唾を溜めてから送り出すと、

「ング」

小野はうまそうに飲み下した。

小野の片手がセーターの上から乳房をまさぐる。亜紀子はブラジャーをつけていない。セーターの下は裸なのだ。感触でそれを知った小野の手が片方の乳房をグッと握って揉み始める。亜紀子の好きな責めだ。痛いほど握られるのが好きなのだ。自分でもわかりやすいMだと思う。

小野のもう片方の手は亜紀子の尻をまさぐり始めた。

「男なら誰でも触りたくなる尻だ」

と常日頃川島は言う。

小野もずっと触りたくてたまらなかったのだろう。その尻をやっと手にした喜びで小野の

鼓動は高ぶっているに違いない。

しかも亜紀子はパンティもつけてなかった。セーターとスカートを取ればすぐに全裸になれるよう準備してきたのだ。

小野の尻を撫でさするような手の動きで、スカートが徐々に捲れ上がってきた。ついに裸の尻にその手がタッチする。

「ンム」

ディープキスを続けながら小野が感動の呻きを上げる。スベスベの肌触りを確かめて有頂天になっているのだろう。

亜紀子は小野のブルーの医療着のズボンの前に手をやった。

(すごい!)

薄い布地の下に、勃起した肉棒を確認したのだが大きい。川島のものはかなりの巨根で、亜紀子がこれまで目にしたどれよりも大きい。それよりもさらに長く太い感触だ。

(見たい)

亜紀子はその衝動に逆らえず、小野の両腕の束縛をするりと抜けて両膝を床につき、目の前のズボンを引き下ろした。続けて、膨らんだボクサーパンツのゴム部分を摑んで下ろす。

「まあ」

思わず声を出してしまった。フルに勃起したそれの長さは軽く二〇センチを超えるだろう。太さも佳蓮の腕ほどある。赤ん坊ではない、佳蓮は今年九歳の少女なのだ。

「先生、これ大きいわ」

「よく言われる」

「立派ね」

形も見事で日本刀のような反りを持ち、亀頭のエラがグッと張っている。

亜紀子は両手でそれをつかんだが、それでも全体の四分の一ほどが顔を出している。躊躇なくその部分を口にくわえた。

(たまらない)

口の中の充実感が半端ではない。ミカンかトマトを丸ごと口に入れたようだ。これが女の部分や肛門に侵入してくるときの、圧倒的な力を想像しただけで下腹が痺れるようだ。

(早く欲しい)

と思った瞬間、

「早く欲しいわ」

亜紀子はそう言って立ち上がっていた。

この部屋にベッドはない。

デスクに乗せられ、スカートをはいたまま開脚した。

小野の目の前に無防備な性器が晒される。愛液でテラテラと光っているはずだ。

「理想的な性器ですよ、奥さん」

これは医者としてのセリフだろうか。品定めするような冷静さが憎らしい。

「早くして」

亜紀子はむずかるように尻を揺すった。この光景に冷静でいられる男はいないはずだ。

小野は左手を開いた亜紀子の右太ももに添え、右手で自分の肉棒を握った。まるで脇差でも構えているようだ。

小野はその脇差を淫裂に当て、それをなぞるように動かした。

「ああ、早く」

亜紀子が挿入を急かしても、小野はじっとその作業に没頭している。その目は自分の幸運をじっくり味わっている子供のようだ。

エラの張った亀頭部分がグッと入ってきた。

「アアン……すごい」

それはすぐに抜かれる。

「抜かないで」

そう哀願する亜紀子に答えず、再び肉棒で淫裂をこねまわす小野。

「ああ」

また亀頭が挿入され、

「いやあ」

引き抜かれる。

そうやってさんざんじらした揚句、

「ウ――……ク」

小野は一気に凶暴な脇差を突っ込んできた。

亜紀子の息が止まった。

感じすぎて愛液が溢れていた膣内は抵抗なく巨根を受け入れたが、中は一杯になっている感触だ。これ以上広がりそうにない。

それなのに、その状態でさらに小野は奥を突いた。

「お、おお、オウ」

亜紀子は胸から上をしゃくるようにして喘いだ。

「ああ、いいなあ」

やっと小野が人間らしい隙《すき》を見せる。

立ったままの小野は両足を踏ん張って、グイグイ押し込むように腰を使ってくる。

女体とは不思議なもので、だんだんこの巨根に慣れてきて、圧倒された状態からこの大きさを味わう余裕が出てくる。

「先生、すごいわ」

「奥さんもすごくいいですよ」

「ああ、感じる……あ……いい」

「よく濡れてる」

確かにグチョグチョになった音と感触がある。アヌスの方まで本気汁が垂れているようだ。

「ああ、すごいチンポ……狂いそう……」

「狂ってください……僕も狂うから」

ピストン運動のテンポはさらに上がっていた。

頂点の予感がしたらしく、小野の運動が止まった。一旦腰を引いて肉の脇差が引き抜かれた。

しばらく二人のハアハアという荒い息が部屋に響く。

亜紀子が身を起こし、デスクに座った形になった。小野に抱きつき、口づけをせがむ。

長身の小野は座っている亜紀子の唇を吸うために肩のラインで首を折って頭を下げる。

「先生、私にも唾ちょうだい」

小野は唇を離し、わざと距離をとって真上から唾を垂らした。亜紀子は口でそれを受け、喉を鳴らす。

「おいしい……先生、惚れてしまいそうよ。このチンポに」

肉棒を片手でグッと摑んで亜紀子がそう告げると、

「僕だって惚れてるよ。ずっと前からね。奥さんと会った直後にここでマス搔いたこともある」

「私のことを想像して？」

「そう」

「そんなときどんな想像するの？」

「単純に奥さんの真っ裸を想像したり、舐めることや舐めさせること……それに縛ってみたいとか」

「そんなことまで？」

「そう。縛った奥さんを好きにするのを想像するのさ。犯したり、浣腸したりね」

「浣腸？……してみたい？」

「してみたいね」

「先生も変態なんだ」

「男はみんな変態だよ」

(よかった)

亜紀子は思う。男を惹きつける肉体を持って生まれた幸運についてである。男が自分に欲情し、犯したがる。十代のころならば、考えただけでもおぞましく、鳥肌を立てて嫌がったことだろう。

「実は今夜はこれからが本番なんだ」

「どういうこと？」

「これから藪田さんの病室に行くよ」

小野はそう言うと、身だしなみを整え、亜紀子を先導するように部屋を出た。

エレベーターで四階の藪田の個室に向かう。

午後十一時になろうかという病棟は、看護師の歩く姿も見かけなかった。

「こんばんは」

潜めた声をかけ、部屋に入る。

「お待ちしてました」

藪田は点滴を受けながら、テレビニュースを観ていたようだ。

この部屋にはユニットバスまでついている。少し狭いワンルームマンションという感じだ。

「藪田先生、大丈夫ですか？」

亜紀子はここでこれから始まることを予想して、藪田の身を案じた。

「大丈夫ですよ。医者がついてますからね」

藪田の代わりに小野が冗談で答える。

「さて、藪田さんに元気になっていただくためにも、奥さん、まず真っ裸になっていただけますか」

晩秋の夜は寒いがここは十分暖房が利いている。亜紀子は言われるままにセーターとスカートを脱いだ。あっという間に全裸である。

「どうです、小野先生。たまらんでしょう？」

「確かに」

服を着たままの男二人が亜紀子の裸に卑猥な声で論評をくわえた。

二人は乳房の大きさとその形、肌の色、尻の張り、スジマン、と自分の好みの部位を褒めちぎった。

「藪田さん、ベッドお借りします」

「どうぞ、どうぞ」

この数日でさらに痩せた藪田が、点滴スタンドにすがるようにして立ち、ベッドを空けた。

入れ替わりに全裸の亜紀子がベッドに上がる。

「奥さん、ご開帳」

小野に言われて、男二人によく見えるようにベッドを横向きに使って股を開く。

「寝ちゃってください」

ベッドに背中をつけ、両足を両手で抱えた。

(ああ、全部見られてる)

それだけで疼く。

「ああ、何度見てもいい」

藪田は切なげに言った。

「うまそうだ」

小野はそう言い、先ほどはしなかった口での攻撃を亜紀子の淫裂にくわえ始めた。

「ああ」

身を捩って悶える亜紀子。つい先ほどまで小野の部屋で長大な肉棒で責められ、すでに火がついていた女体である。この刺激に耐えられるわけもなく。簡単に絶頂を迎える。

「あ、ハ……あ、ダメ……イキそう」

それを聞いて愛撫を中断するわけもなく、小野の舌はピッチを上げていく。

「ああ……あ……イ……イク」

体の脇のシーツを握りしめ、全身を痙攣させて亜紀子はイッた。足の裏まで快感でシビレる。

不思議なことにGスポットを責められてイクときのような潮吹きはなかった。クリトリスへの責めで絶頂を迎える際には潮を吹かないのである。

これは亜紀子自身にも理由はわからない。

それでも亜紀子の全身には汗が滲《にじ》んでいる。中距離を全力疾走したように体力を消耗している気がする。

「先生来て」

亜紀子は甘えた声で小野を呼んだ。

小野は全裸になってベッドに上がり、亜紀子を抱き寄せる。

「よかったわ、先生。奥さんにもこんなことするの？」

「昔はね、しましたよ」

「今は？」

「とんとご無沙汰です」

「若い看護師さんと浮気は？」

「それも昔はありましたけどね」

「悪いお医者様。今は人妻ね」

最後の一言で亜紀子は悪女の気分を味わった。

「ね、入れて」

「何を？」

(言うと思った)

男は女に卑猥な言葉で要求させて喜ぶ。子供じみているが、セックスで子供に戻るのが男なのだ。

「入れてよ。先生のおっきなチンポ。大好きなの」

「オヒョ」

聞いている藪田が奇妙な歓声を上げる。

小野が体を起こすと、

「おお」

これも藪田が感嘆の声を上げた。同性としてもこの大きさにお目にかかることはないだろう。ましてや勃起した状態では実際に生で見ることはありえない。

亜紀子は両手両足を広げて小野を誘った。そこに小野が長身の体を重ねていく。

「あ、おお、入っていく」

藪田は結合部分に顔を近づけて、挿入の瞬間を観察している。

正上位でのピストンはたまに奥に強く当たり、

「あ、痛い。ちょっと先生待って」

と小野に制御を求める場面もあった。

それでも小野の巨根は亜紀子を十分に喜ばせる。

途中、体位を変えて騎乗位も試す。今度は亜紀子が動きを調整できるので、奥に痛いほどの衝撃を感じることはなかった。ただ、これだけの逸物が相手では腰を完全に落として座り込む形は不向きで、足を広げて立った状態から尻だけを下ろす形がベストだった。相撲の四《し》股《こ》を踏んだときのような形で尻を上下させるのだ。

これは見学者である藪田を喜ばせた。極めつけの卑猥さらしい。

次に後背位となり、最後は窓辺に手をついて立つ亜紀子をバックから小野が犯した。この立ちバックも効いた。

亜紀子は乳房をブルンブルンと揺らしながら、自らも腰を使って、

「もっと、もっとちょうだい……いいわ、先生のチンポ……ああ、いい」

と男二人が周囲を気にするほどの声を上げた。

「いやあ、素晴らしい。極めつきですね。セックスの極めつき。究極のセックス」

ベッドを乗っ取られたというのに、重病人の藪田は点滴スタンドにすがって絶賛した。

「まだこれからですよ」

小野は立ちバックで亜紀子を犯しながら、宣言した。まだ続きの企画があるらしい。


小野の企画とは浣腸プレイだった。

小野は医療行為のプロだ。昼間のうちにこの部屋で準備を整えていたらしい。準備とは浣腸器以外にビニールシートとポリバケツである。

亜紀子はいずれ自分も浣腸プレイに参加するだろうと思っていた。恐れていたのはそれで自分が感じ過ぎてしまうことぐらいで、心の準備はできていたと言っていい。

さすがプロだけあって、小野はグリセリンを配合された浣腸液を用意していた。藪田のように牛乳を注入するようなのは、小野に言わせれば手抜きか、素人仕事なのだろう。

ベッドの上で四つん這いにされて亜紀子は待った。

その姿がまたいい、と男二人は携帯のカメラで撮影した。

「それは川島さんに見せないで」

藪田に亜紀子が釘を刺す。

撮影が終わると、浣腸器を手にした小野が亜紀子の尻に迫った。

「ねえ、きれいな肛門ですよね」

男二人は四つん這いの亜紀子の尻に接するばかりに顔を近づけている。藪田は声だけが健康を取り戻したようだ。

「おお」

浣腸器のノズルが肛門に侵入し、浣腸液の注入が始まる。

「ああ、効くわ」

薬液の入った浣腸液が即座に便意を催させる。亜紀子はそれに耐えねばならなかった。

「奥さん、ぎりぎりまで我慢するんです」

小野の声はまた医師の冷徹さを秘めている。

「でないと、薬液だけが出てしまいますからね」

そういえば葉山理香子の牛乳浣腸のビデオでは牛乳だけが噴出していた。

(ということは？)

「私のウンチを見るの？」

「そうです」

「いやあ」

「奥さん、初めてでしょう。人にウンチを見られるのは。それがいいんですよ」

小野のS的心理はそれで満足させられるらしい。藪田も目を輝かせている。

床に敷かれたビニールシートの上にポリバケツが置かれている。それが今夜の亜紀子の便器になるのだ。

何度も激しい便意に襲われる。

「先生、苦しい」

「まだまだ」

「ほんとにもうダメそうなの」

「我慢して」

プレイとは言っても小野は医師である。指示に従っていれば危険はないに違いない。亜紀子はそう信じて耐えた。

この真下の同じ位置には夫の貴志が横たわっている。ベッドで見上げる天井の向こう側。距離にして四メートルに満たないところで、妻が浣腸されているとは夢にも思うまい。それも自分が怪しいと感じていた小野医師にである。そしてこれから貴志も見たことのない亜紀子の排泄が披露されるのだ。

「先生、本当にもうダメ」

「よし、下りて」

ベッドから下りてポリバケツをまたぐ。男二人がその尻の前に雁首《がんくび》を揃えた。

「よし、バケツはちゃんと持ってるから心配いらないよ」

小野が排泄を促す。駐車場でオシッコを見せたり、藪田にオシッコを飲ませたときとは勝手が違った。自分の意思でコントロールできないのだ。

「いやだ、出る」

粘りを持った薬液がまず噴出してポリバケツの底を打った。続いて直腸を塊が通過する。

「お、ふくらんだ」

藪田は肛門の状態を言っているらしい。

「ああ、恥ずかしい」

「おおー」

ポトッという音がして塊が落ちた。

それが先陣だった。続いて長く繋がった便も出て、

「おお、いい排泄だ」

小野が恥ずかしい批評をした。

お腹の中が空っぽになった感じになったころ、ジョーッと放尿してしまった。

「大サービスだ」

珍しく小野がはしゃいだ声を出した。

Sの男だけなのか、それとも男はみんなそうなのか。男たちが女の排泄にこんなに興味を持つとは知らなかった。

今の亜紀子は惨めな気分でM的満足を得ている。

「奥さん、すごくよかったよ」

まだポリバケツを尻の下に据えたままの亜紀子の肩を小野が抱いて言った。

張りつめていた気持ちが緩んだのか、亜紀子は小野の肩に頭をもたれさせて涙ぐんでしまった。鼻水まで啜《すす》ってしまう。

亜紀子は小野にすがって立ち上がり、バスルームで体を洗った。

次に何が待っているかもわかっている。直腸をきれいにされたからにはアナルセックスだろう。

亜紀子はバスルームから出ると自分から誘った。

「先生、お尻にして」

小野の目が光る。

「昼間奥さんが、藤棚のところでアナルセックスをしたと言ったでしょう。あの瞬間にこうしようと決めたんです。僕は奥さんの肛門に狂いますよ。奥さんにも狂ってもらいます」

「狂わせて」

亜紀子は言い終わるとベッドに両手をついて尻を突き出した。立ちバックで狂おうというのだ。

後ろに立った小野が巨根にローションを塗っている気配がする。

「私にも手伝わせてください」

藪田が禁を破って亜紀子に触れた。アヌスにローションを塗り始めたのだ。穴の周囲と中にローションをたっぷり塗り込めていく。

準備はできた。

「さ、先生、いらして」

肛門にあの大きな亀頭が触れた。押してくる。さすがにきつい。

「フン」

小野が気合いを込めて押す。

「ハマった」

亀頭部分が通過したのだ。

「ああ」

自然に亜紀子の首が反った。肛門がいっぱいに広がっている。これからあの長さが侵入してくるのだ。

「ン——、きくわあ」

快感なのだ。巨根を挿入されて背筋が痺れる。

「いきますよ、奥さん」

小野が進軍を開始した。凶暴な侵略が始まったのだ。

「おお、入っていく」

藪田が信じられないものを見ている口調で言った。

「入った」

小野の言葉を聞いて、亜紀子は右手を自分の尻に伸ばした。そして確かめた。確かにあの長大な肉棒が肛門に収まってる。ぴったりと根元まで収まっている。

かつての亜紀子の想像は当たった。アナルセックスの方が奥行きに限度がないので大きな肉棒でも受け入れられる。

「先生、動いて。愛してよ、私のお尻」

その声に奮い立ったように小野が大きく腰を使い始めた。

「お、おう……すごい」

内臓を掻きまわされる迫力だ。

「フ……フ……フン」

小野は残酷に亜紀子を犯すことに没頭している。この美しい人妻の尻の穴を犯す。男として最高の瞬間を迎えているのだ。

亜紀子は責められながら、また貴志のことを思った。この真下にいる夫。真上で妻が肛門を掘られているのも知らず眠ろうとしているのだろう。それも相手の男は自分の主治医なのだ。

アナルセックスも時間が経つとこなれてくる。小野の動きにも余裕が出てきた。

「あ、いい……いいわ、先生……先生のチンポ素敵よ……お尻がすごくいい……感じるわ」

そう亜紀子がよがってみせると、

「僕もいい……奥さんの肛門は最高ですよ……狂います」

「狂って……私も狂う」

疲れた小野が少し動きを控えると、亜紀子が競馬の騎手のラストスパートの動きで尻を煽った。

「おお、すごい。すごい眺めだ。奥さんの肛門が……お尻の穴が僕のチンポを食ってますよ」

「いいでしょう？　私のお尻……ねえ、先生もっとして……もっとしよう……どこでもいいからまたセックスしましょうよ」

亜紀子の言葉に煽られて、再び小野の肉棒が硬度を増して直腸を掻き回す。

「奥さん、すごいですね。お金持ちの上品な奥さんと思ったら、とんでもなく淫乱なメスだ。尻の穴を掘られてここまで悶えるなんてね。頼まれなくてもまた犯します。何度でもこの淫乱な尻を抱きますよ」

対抗して小野が言葉責めしてくる。

「ああ……ああ……楽しい」

思わず場違いな本音を口走ってしまった。ＰＴＡ会長と不倫し、夫の主治医とも浮気。浣腸され排泄を見られ、肛門まで犯される。それが楽しいのだ。生きている実感はここにある。これがなければ生きていけない。

（私はお人形じゃない）

いつまでも可愛い「アッコちゃん」ではないのだ。

「奥さん、……そろそろイキそうだ。……中にぶちまけていいですか？」

「ええ、いいわ……来て……私のお尻に思い切り精液ちょうだい」

小野のラストスパートは激しかった。凶暴な肉棒の大きさに合わせて、腰を大きく使い、亜紀子の尻肉に体を打ちつけ、パンパンと湿った音をさせた。

「ああ……オウ……いい……いいわ、先生……最高よ……こんなアナルセックス初めて……私もイク……お尻でイクわ」

すでに亜紀子は失禁していた。尿を前から漏らしながら、尻の肉を波打たせてよがるのだ。

「あ、奥さん……イク」

一度大きく腰を引いて、長大な肉棒の亀頭から下の全貌を亜紀子の尻から引き出した後、小野は一気にそれを突き刺した。

「ヒィー」

「ウ」

小野は射精の快感を味わうために完全に動きを止めた。

シュー、亜紀子の失禁はここで最高潮になり、小野の股の下を通過して真後ろに尿が飛ぶ。

「……すごかった」

見ていただけの藪田が疲れ果てた声を出した。

小野がぐったりして、亜紀子の尻の前から離れる。

「先生……私、良かった？」

ベッドに上半身だけ倒れ込んだ亜紀子が尋ねると、

「最高ですよ。マンコも肛門も最高。こんな気持ちいいセックス初めてだ」

「嬉しい」

亜紀子は小野の答えに満足した。

「奥さん、精液を出して見せてください」

点滴スタンドと並んで立っている藪田がリクエストした。

亜紀子はベッドに上半身をうつ伏せにもたせたまま両足をピンと伸ばした。病室の真ん中に人格のない大きな尻だけが存在するようだ。

「先生も見てぇ」

亜紀子が甘えた声を発した。

「ンム」

軽くいきむと肛門が開き、小野の精液が流れ出す。

「おお、真っ白だ」

藪田が驚いた。

「浣腸したからでしょう」

小野が解説する。

精液が褐色に染まらずに真っ白なままで排泄されたのだ。

男二人は何か神々しいものに接したような態度でしおらしくしている。

カチャ。

そのとき、ドアが開いた。

入ってきたのは葉山理香子だった。

全裸の小野が慌てる。

「小野先生大丈夫よ」

振り返って亜紀子が言った。

「ご存じなかったですか？　こちら葉山理香子先生。娘の担任の先生ですわ。葉山先生、こちら小野先生、私の夫と藪田先生のご担当なの。ご存じだったわよね」

亜紀子は精液を垂らしている尻を見せたまま、そう紹介してにっこり微笑んだ。

「お互い仲良くしてね」

この作品は書き下ろしです。原稿枚数333枚（400字詰め）。

幻冬舎アウトロー文庫

●最新刊
遭難フリーター
岩淵弘樹

六〇〇〇万円返済のため、俺は派遣労働者になった。虚しい単純労働、嘘とエロとギャンブル漬けの同僚たち、オナニーもできない寮生活……。金と生きがいを求め大都会を漂う傑作ノンフィクション。

●最新刊
転落弁護士
――私はこうして塀の中に落ちた
内山哲夫

夜の銀座で遊びたいがため、札束に目がくらみ、横領と企業恐喝の罪で実刑判決。塀の中では、卑劣な刑務所ヤクザの陰謀が待っていた。警視庁出身の元弁護士による激動の告白ノンフィクション。

●最新刊
女王《めおう》の身動《みじろ》ぎ　夜の飼育
越後屋

女王様麻耶とSMバーを共同経営する樋口松蔵は、美しい麻耶を牝奴隷にすることを妄想していた。彼の望みを知った銀星会若頭の鮫島は、子飼いの緊縛師・源次に樋口の手伝いをするよう依頼する。

●最新刊
修羅の群れ　稲川聖城伝(上)(下)
大下英治

昭和初期、厳しい博徒修業ののちに一家を構えた稲川角二の元には、彼の器量や人柄を慕って多くの若者が集まっていた……。昭和・平成にまたがる首領の生涯を描いた長編ドキュメンタリー小説。

●最新刊
歌舞伎町裏街道
久保博司

歌舞伎町で友人のライターが忽然と姿を消した。行方を知る手がかりは、この街にある――。九〇年代後半、欲望と犯罪が蠢く巨大歓楽街で出会った人々とのエピソードをつづるノンフィクション。

GENTOSHA OUTLAW BUNKO

人妻夜《ひとづまよる》のPTA

扇千里《おうぎせんり》

平成22年12月10日　初版発行

発行人――石原正康
編集人――永島賞二
発行所――株式会社幻冬舎
〒151-0051東京都渋谷区千駄ヶ谷4-9-7
電話　03(5411)6222(営業)
　　　03(5411)6211(編集)
振替00120-8-767643
印刷・製本―株式会社 光邦
装丁者――高橋雅之

幻冬舎アウトロー文庫

ISBN978-4-344-41588-1　C0193　O-100-4